TAXI

1710

TAXI

1710

SCHNELL,
DAS BABY KOMMT!

Ein Roman von
Alexander RÜDIGER

Dank

Diese Geschichte widme ich unter anderem meiner Exfrau Brigitte, die mit ihrer unendlichen Unterstützung und dem Einfluss ihrer Taxi-Familie vor zirka 30 Jahren unbewusst den Grundstein zu dieser bewegenden Story gelegt hat.

Darüber hinaus bedanke ich mich bei allen Menschen, die als Probleme mit „Stopp-Schildern" in mein Leben getreten sind und somit zu Wegweisern wurden und natürlich auch bei den Menschen, die als Zeichen und Wunder eine große Bereicherung für meine kleine bunte Welt voller Leben geworden sind.

ABGEFAHREN!

Liebe ist der größte Scheiß,

aber ohne Liebe kann das Herz auch nicht

gebrochen werden!

TAXI 1710

I

„Na, do schaut's aus", murmelte missbilligend der Regisseur, der sich seit mindestens zwei Wochen nicht mehr rasiert hatte. „So eine Gstätten! Und da soll man arbeiten!" Er steckte eine Zigarette zwischen die sich in alle Richtungen sträubenden Barthaare, dorthin, wo höchstwahrscheinlich sein Mund war, denn die Spitze der Zigarette glühte rot auf, als er daran zog. Der größte Teil seines Gesichtes blieb unter einer großen, blickdichten Sonnenbrille verborgen.

„Was willst", meinte der etwas klein geratene Regieassistent in seinem gestreiften Pullover, der mit dem farbigen Herbstlaub um die Wette strahlte. „Ist halt ein Set im Freien, wo wir spontan noch die Drehgenehmigung bekommen haben, da in Wien, da kannst nicht wählerisch sein."

„Ah", gab der Regisseur angewidert von sich, steckte sich erneut die Zigarette zwischen die Lippen und wischte sich die Hände an seinem Gilet ab, was er offensichtlich häufig und wahrscheinlich gewohnheitsmäßig machte. Bestimmt war ihm dabei egal, von welcher Art Schmutz er seine Finger reinigte, denn die Wischspuren prangten in allen Farben und erkennbar unterschiedlichen Altersstufen. „Schau dir das an: wie sollst hier Ästhetik ins Bild bringen?" Dabei machte er eine ausholende Geste mit seiner Zigarettenhand.

„Ja", erwiderte der Regieassistent mit einem Blick auf das Gilet des wischenden und rauchenden Regisseurs. „Ästhetik, die wär wichtig, nicht wahr?"

„Genau." Wieder wischte er mit seinen Fingern über das Gilet und schaute dann seine Hände an. „Wieso sind die so dreckig? – wurscht! Jetzt versamml mir den Verein, irgendwann müssen wir ja anfangen und je eher, desto besser. Je eher wir fertig sind, desto schneller können wir diese Müllhalde verlassen." Er warf den Zigarettenrest zu Boden und trat darauf. „Also echt widerlich hier, direkt ekelerregend!"

Der buntgestreifte Regieassistent packte sein Klemmbrett mit den lustig darauf im Wind flatternden Papieren. „Also, was für Patienten haben wir denn da?" Dann hob er den Kopf und rief lauthals nach Oskar ...

„Ja, mein Bester?" Ein etwas beleibter älterer Mann mit schickem roten Barett, einem mehrmals um den Hals geschlungenen, sicher mehrere Meter langen, farblich zum Barett passenden Schal, Maßanzug und glänzenden Lackschuhen löste sich aus dem Schatten des Garderobenwagens. Mit zu beiden Seiten leicht in die Höhe gewinkelten Armen und seltsamen Trippelschritten näherte sich der Mann. „Man ließ nach mir rufen? Nun denn, was ist Euer Begehr?", fragte er näselnd.

„Was redest denn so schwul daher", fragte der Regisseur Hans Ruzowitzky bei Oskar nach.

„Na, das ist doch meine Rolle, du Herzensbrecher!"

„Jetzt der Fakir mit der Schlange!", rief der buntgestreifte Regieassistent dazwischen.

„Ein letztes Mal: Du bist kein Schwuler! Und im Drehbuch gibt's auch keinen", knurrte der Regisseur.

„Ich leg die Rolle halt so an!", kickste Oskar und hopste davon.

„Oskar!", rief der Regieassistent. Aber der Angerufene stellte sich taub.

Just in diesem Moment trat eine mehr als üppige, nicht mehr ganz junge Dame an den Regieassistenten heran, gekleidet in einem in allen Farben schillernden phantasievollen Kostüm, auf dem Kopf ein Turban, auf dem eine wippende Feder vom Vogel Strauß sich nach den vorherrschenden Windrichtungen ausrichtete. Sie packte die Hand des Regieassistenten und drehte sie so, dass sie die Handfläche betrachten konnte. „Lass mich deine Hand lesen, ich sage dir dein Schicksal voraus!", wisperte sie geheimnisvoll.

„Ah geh!", meinte der Regieassistent und entzog ihr seine Hand.

„Kartenaufschlagen kann ich auch!"

„Lies doch dem was aus der Hand", sagte er und wies auf den Regisseur.

Erwartungsvoll wandte sich die Frau in die Richtung, in welche der Regieassistent gedeutet hatte. Als sie erkannte, dass er den Regisseur gemeint hatte, wandte sie sich mit einem Laut, der ihren Ekel erkennen ließ, ab.

Wie bestellt tauchte nun ein Fakir aus dem Nichts auf und erfreute den Regieassistenten mit seiner Anwesenheit. „Gut, dass du schon da bist", sagte er, „und wo hast die Kobra glassen?"

„Die ist bei der Gewerkschaft und kommt nicht raus, wenn's so herbstlich ist."

„Sehr witzig!", knurrte der Regisseur. „Her mit dem Vieh, sonst verkauf ich's an ein Running Sushi in da Lugna City!"

Ein Taxifahrer drängte sich in das Gruppenbild aus Regisseur, Regieassistent, Adele der Handleserin und dem Fakir ohne Schlangenkorb. „Ich will jetzt die Unterschrift!", rief er und wedelte mit einigen Blättern Papier vor der Nase des Regisseurs herum. „Ohne Vertrag gebe ich mein Auto nicht her! Das ist die Vereinbarung!"

Waagrecht an der Gruppe vorbei bewegte sich eine lange Stange durchs Bild, die an einem Ende von einem Mann im Sportlerdress getragen wurde. „Bin ich schon dran? Bin ich schon dran?"

Vom Auftritt des Stabhochspringers abgelenkt, vergaß ein jeder, was zu tun war. „Nein, Stabhochsprung wird separat gedreht. Ich sag dir, wenn du drankommst!", rief der Regieassistent.

„Schön, dann üb ich noch ein bisschen weiter!"

„Ich könnt Ihnen derweil aus der Hand lesen", sprach die unterbeschäftigte Adele ungefragt den Hochspringer an.

„Na gut, ich hol sie", grantelte der Fakir, der sich als erster wieder seiner Aufgabe erinnerte: „Aber die ist heut wirklich nicht gut drauf!" Sprach's, wandte sich um und murmelte irgendetwas vor sich hin.

Plötzlich war Oskar wieder da: „Du wünschst, Süßer?", sprach er den Fakir an.

„Vielleicht Sie?" Die Handleserin suchte scheinbar verzweifelt nach Kundschaft während der buntgestreifte Regieassistent sein Blatt auf dem Klemmbrett befragte: „Cheerleader!", rief er den Kopf hebend dem zweiten Garderobenwagen zu. Dieser spuckte in der Sekunde ein Dutzend quietschender und kreischender, leicht bekleideter Mädchen aus; alle in das gleichfarbige kirschrot-weiße Outfit, das an eine Uniform erinnern sollte, gepresst.

„Okay! Aufstellung, Mädels", rief der Regieassistent, „ist ein bisserl kühl heute, ihr könnt euch schon mal warm machen!" Die Mädchen begannen ihre synchronen Tanzschritte.

„Ich mach euch einen Gruppentarif!" Adele, die Handleserin, gab nicht auf. „Mit Kartenaufschlagen dabei!"

„Aber nein", näselte Oskar und wiegte sich in den Hüften, „warum warm machen? Die sind doch schon ganz heiß!" Dabei warf er den Mädchen Kusshändchen zu. Der Regisseur schüttelte nur den Kopf.

„Du bist eine Schande für deine Innung, meine Kleine!", warf der Fakir ein, der mit einem großen Korb in den Händen, dessen Deckel sich bewegte, erschienen war. „Hat irgendwer vielleicht eine Ratte, die ich ihr geben kann, damit sie etwas ruhiger wird?"

Oskar starrte auf den Korb, in dem sich offenbar eine sehr aktive Schlange bemerkbar machte. Der Fakir hob kurz den Deckel an, die hungrige Schlange öffnete ihre Kiefer und mit einem infernalischen Schrei rannte Adele davon.

„Sag einmal, Oskar", fragte der Regieassistent ruhig, „kannst du eigentlich deinen Text?"

„Natürlich, zur Gänze! Hab ihn tagelang gelernt!"

Auch der Taxifahrer war immer noch da. Er hatte mit Interesse die Szene verfolgt, aber den Vertrag nicht vergessen: „Nochmal: entweder ich bekomme jetzt die Unterschrift zu meinen Zusatzbedingungen oder ich fahre mit meinem Taxi weg. Ich muss ja Geld verdienen!"

„In Gottes Namen, gib her den Wisch", rief der Regisseur, riss dem Taxifahrer den Vertrag aus den Händen und setzte zum Unterschreiben an.

„Das glaub ich, dass du tagelang gelernt hast", feixte der Regieassistent. „Ist ja bloß ein Satz. Also, sag ihn auf!"

„Die Post bringt allen was, denn selbst dort, wo die Füchs ‚Gut Nacht' sich sagen, verkehren unsre Postkraftwagen!"

„Nein", winselte der Regieassistent. „Das ist ein Werbespruch der Post aus den frühen Sechziger Jahren!"

„Oh, ja", stimmte Oskar begeistert mit mehrfachem Augenaufschlag zu. „Das war der Beginn meiner Karriere! Hach! Das waren noch Zeiten!"

„Aber heut drehn wir doch einen Spot für die Bahn, Oskar. Weißt du's noch?"

Der Stabhochspringer rannte derweil mal wieder von einer Seite zur anderen durch's Bild und feuerte sich dabei selber an. Der Fakir wandte sich mit seinem Korb an die Cheerleader, die kreischend in ihren Wagen stürmten, während ein Feuerwehrwagen mit Blaulicht und Sirene unweit der Szene räderquietschend zum Halten kam. Feuerwehrmänner sprangen vom Wagen, rollten einen Schlauch aus, mit dessen Mündung sie den Taxifahrer und den Regisseur anvisierten.

„Was macht's denn ihr da?", brüllte der Regisseur, den Stift immer noch zur Unterschrift bereit, die Männer an.

„Lenken Sie jetzt nicht ab! Der Vertrag!", ereiferte sich der Taxifahrer und tippte heftig aufs Papier.

Zackig salutierte einer der Feuerwehrmänner. „Wir sind der von der Stadt Wien hierher kommandierte, Feuerschutz!" Seine Hacken knallten, als er sie zusammenschlug. „Und jetzt machen wir einen Funktionstest!"

„Aber nicht auf mich!", riefen Regisseur und Taxifahrer gemeinsam.

„Auf wen dann?"

„Was weiß ich – schaut's halt nach irgendwas Gefährlichem!" Der Stabhochspringer raste wieder kraftbrüllend über den Platz, von den interessierten Blicken der Feuerwehrleute verfolgt.

Adele war zurück und versuchte es beim Feuerwehrmann: „Dann lese ich Ihnen das Schicksal aus der Hand."

„Keine Zeit", erwiderte dieser mit hektisch rollendem Blick: „Ich muss rennen, retten, löschen!"

„Also, jetzt dein Text, Oskar!", erinnerte der Regieassistent. „Wennst ihn nicht kannst, ist das Ende deiner Karriere nah!"

„Dräng mich nicht so, sonst bleib ich hängen!" Exaltiert warf Oskar den Kopf hoch, nahm das Barett ab und fuhr sich mit den Fingerspitzen der anderen Hand durchs Künstlerhaar.

„Ihr habt's auch keinen Ratzen?", fragte der Fakir plötzlich in die Runde, als habe er von all dem gerade nichts mitgekriegt; den Korb mit der Schlange hielt er fest im Arm.

„Ihr zwei kommts später dran", knurrte der Regieassistent. „Also, jetzt dein Text, Oskar!"

„Liegt in Österreich der erste Schnee, steckt im Stau die ÖBB."

„I glaub du wüst mi roin, is des jetzt dei Ernst?" Oskar grinste und gab dann fast wie Chris Hohner die bekannte Bahnsteigstimme folgenden Satz von sich:

„Auch ich fahr mit der Bahn – das ist entspanntes Reisen!"

„Na, wenigstens das funktioniert", seufzte der Regieassistent. Im Hintergrund lief der brüllende Stabhochspringer über den Platz, verfolgt von den Feuerwehrmännern mit dem Schlauch.

„Sie könnt sich ja einen suchen", meinte der Fakir und hielt dem Regieassistenten den Korb mit dem darin zappelnden Kriechtier unter die Nase. „Gibt hier auf der Gstätten sicher welche, aber dann brauch ich wieder Tage, um sie einzufangen."

„Du gehst mir auf den Keks!", grollte der Regieassistent, „aber ich sag den Feuerwerkern, dass sie ihr einen Ratzen fangen sollen!" Dann sah er sich wieder sein Klemmbrett an: „Alexander!"

„Bin hinter dir", sprach ihn Alexander an. „Super. Also, wenn die zwei dort endlich fertig sind" – er wies auf den Regisseur und den Taxifahrer, die offensichtlich stritten – „gehst du hinüber zum Taxi, setzt dich rein, schaust aus dem offenen Fenster und sagst ganz begeistert: „Und mit dem neuen Golden Ticket holt Sie die Bahn von zu Hause ab! Ja, das Taxi zahlt die Bahn! Dann ist Ihr Glück auf Schiene!" Danach fährst du mit dem Taxi genau bis zu der markierten Grundstücksgrenze da. Alles klar?"

„Kein Problem."

Eine junge, hochschwangere Frau mit Schweißperlen auf dem Gesicht schleppte sich langsam in die Szene, blieb kurz stehen, stützte sich an Baumstämmen und einigen Mauerresten ab und steuerte dann das Taxi an.

„Ja, das ist spitze! Der sag ich das Schicksal ihres Babys!", jubilierte für alle hörbar die Handleserin, die beim Feuerwehrmann leider auch nicht zum Zuge gekommen war.

„Okay, Leute drehfertig machen!", schrie der Regisseur durch sein Megafon. „Jetzt fangen wir die erste Durchlaufprobe an!" Während der Taxifahrer dem Regisseur nicht von seiner Seite wich, strebte Alexander dem Taxi zu.

„Cheerleader!", schrie der Regieassistent, worauf die Mädchen wieder aus dem Garderobenwagen quollen, diesmal jedoch ohne großes Gekreische. „Aufstellen!" Die eine oder andere sah sich kurz nach dem Fakir um, dann sammelten sie sich und nahmen ihre Ausgangsposition ein.

„Und jetzt lass die Puppen tanzen!", tönte der Regisseur und lehnte sich in seinem Regiesessel zurück. Alexander setzte sich hinter das Steuer des Taxis und startete den Motor. Überrascht blickte er auf eine Schwangere, die sich ächzend auf den Rücksitz schob. Sie war nicht nur sehr schwanger. Sie trug auch ein augenfälliges rotes, enges Kleid, das sich über ihren Kugelbauch spannte und hatte einen modischen desgleichen in rot gehaltenen Hut bei sich.

„Fahren Sie", wimmerte die Frau und hielt sich den Bauch. „Zur Semmelweisklinik!"

„Aber ich bin doch kein Taxi?!" entfuhr es Alexander, der diesen Satz sicher schon hunderte Male zu seinen Kindern gesagt hatte, als sie mal wieder irgendwohin wollten. Doch diesmal klang der Satz im Ausdruck gleichzeitig nach Feststellung und eine an sich selbst gestellte Frage.

Alles ist zur Aufnahme bereit, Maske und Kostüm haben die Schauspieler zum Dreh vorbereitet. Die Kommandos starten: Aufnahmeleiter: „Ruhe bitte"! Der Regisseur signalisiert und sagt leise: „Fertig." Der Regieassi meldet sich mit „Ton ab!" Der Ton: „Läuft!" Regieassi: „Kamera ab!" Kamera: „Läuft!" Man hört eine Ansage: „ÖBB, die Erste"; eine Klappe wird geschlagen und der Regisseur: „Bitte!"

„Action!", brüllte der Regieassistent, die Mädchen begannen zu tanzen, während der Stabhochspringer im Hintergrund in hohem Bogen über sie sprang, offenbar auf der Flucht vor den Feuerwehrmännern, die versuchten, ihn mit dem Wasserstrahl im Flug zu treffen.

„Aus, aus, Cut!", rief Hans Ruzowitzky und sprang aus seinem Regieklappstuhl. Die Mädchen hörten auf zu tanzen, der Wasserstrahl versiegte und der Stabhochspringer lugte an der Seite der Mädchengruppe hervor.

„Was will die da im Taxi?", brüllte der Regisseur, dem die Frau im roten Kleid auch nicht entgangen war. „Die kommt doch noch gar nicht dran!"

„Die Frau ist schwanger", rief Alexander.

„Ich kann ihr das Schicksal von dem Baby voraussagen!", mischte sich Adele ein.

„Ich auch!", brüllte Ruzowitzky: „Es wird zur Welt kommen!"

„Ich glaub, die ist wirklich sehr schwanger", rief Alexander aus dem Taxi heraus, „das ist keine Komparsin. Die hat starke Wehen, ich kenne das!"

„Aber das muss man doch proben", schrie der Regisseur. „Sag ihr, sie soll raus aus dem Taxi, aber pronto! Später drehen wir das mit ihr so lange, bis es sitzt!"

„Waaas?", entsetzte sich der Taxifahrer und sprang sofort zu seinem Taxi hin. „Eine echte Schwangere? In meinem Auto?"

„Bitte fahren Sie", seufzte die Frau im roten Kleid erneut. „Die Wehen kommen schon alle Minuten."

Der Taxifahrer riss die Fahrertür auf: „Und ihre Wehen kommen schon in Minutenabständen? Dann raus aus meinem Auto, ich kenne das! Mein ganzes Auto wird verdreckt und ich muss zwei Tage lang putzen!" Er schrie herum, funkelte den Regisseur an und wedelte mit den Papieren. „Das steht nicht im Vertrag! Dafür musst du bezahlen!"

„Jetzt drehen wir mal die Cheerleader, verdammt noch mal!", tobte der Regieassistent, worauf die Mädchen wieder gehorsam zu tanzen begannen.

„Wenn die Frau nicht zum Team gehört", wütete der Regisseur, „zahl ich gar nichts, kapiert!"

„Du wirst zahlen", schrie der Taxifahrer. „Das sind deine Filmaufnahmen, daher hast du alles, was du an meinem Auto beschädigst oder dreckig machst, zu bezahlen!"

„Bitte, bitte fahren Sie", verlangte die Frau neuerlich und stöhnte laut auf. Alexander hatte natürlich erkannt, dass die Frau tatsächlich kurz vor der Geburt stand und war hin- und hergerissen von der offenkundigen Menschenpflicht, die Frau ins Spital zu bringen und der Weigerung des Taxifahrers, das Auto dafür benutzen zu dürfen.

„Ich werde gar nichts bezahlen, du Tschusch!", ereiferte sich der Regisseur.

„Ich bin kein Tschusch, ich bin Türke, du Mistelbacher!"

„Ich bin kein Mistelbacher, ich bin aus dem Burgenland!", geiferte der Regisseur.

„Jaja", nickte der Taxifahrer, „weißt du, was passiert, wenn du im Schlaf die Hand aufmachst?"

„Häh?"

„Du fallst vom Baum!"

„Ja, was nun?", gab der unschlüssige Alexander von sich.

„Bitte! Bitte! Schnell, das Baby kommt!", flehte die Frau.

„Na, das geht so nicht weiter, das ist mir alles zu abgefahren", sagte Alexander entschlossen, legte den Gang ein und fuhr mit offener Tür vor der Kamera vorbei, die gerade die tanzenden Mädchen aufnahm. Während Alexander auf die

Julius-Meinl-Gasse bog, hielt ein Feuerwehrmann eine Ratte an ihrem Schwanz vor das Objektiv der Kamera und sagte stolz:

„Also, eine hätt ma schon!“

II

Der Portier des Krankenhauses in der Bastiengasse 36–38 in 1180 Wien hatte seinen Tagdienst in der Hoffnung angetreten, dass dies ein ganz normaler Tag wie viele andere würde. Und so hatte er auch angefangen, der Tag. Aber so blieb er nicht. Denn plötzlich rauschte ein Wagen von Taxi 1710 heran und blieb mit quietschenden Reifen und Bremsen direkt vor dem Eingang stehen, ein schlanker Mann sprang hinter dem Lenkrad hervor, umrundete eilig den Wagen, riss die Tür zur hinteren Sitzbank auf und beugte sich in den Fahrgastraum.

„Mein Gott", seufzte der Portier, „der muss heut von seinem Planeten aber ganz schlecht bestrahlt sein." Er stand auf, öffnete das Fenster und rief hinaus: „Sie, das geht aber nicht! Sie müssen das Auto am Parkplatz abstellen!" Nachdem keine Reaktion festzustellen war, beschloss er seinem Ordnungsruf mehr Nachdruck zu verleihen. „Hörst, du Wappler, schleich dich auf den Parkplatz! Aber gschwind!"

Die Antwort bestand aus einem markerschütternden Schrei aus dem Inneren des Autos, gefolgt von einem „Jessas, was mach ich denn jetzt?" des Fahrzeuglenkers, der sich soeben aufrichtete.

Der Portier lehnte sich aus dem Fenster und wedelte mit einer Hand. „Du fahrst da jetzt weg, das machst!"

Mittlerweile hatten sich einige Leute um das Auto versammelt und blickten interessiert ins Wageninnere.

„Hah?“, machte Alexander entgeistert und blickte den Portier verständnislos an.

„Das ist doch der Alexander“, rief eine füllige Blondine begeistert.

„Wer?“, fragte ihre Nachbarin.

„Na weißt eh, der Alexander aus dem Werbefernsehen, der vom „Shop-TeVau für die Frau“, der allerweil irgendwelche Super-Sonderangebote hat. Aktuell gibt's da die Wundersocken gegen Fuß- und Rückenschmerzen, die hob i sogar, san echt supa. Und die Geldmaschinen-Sendung da im Zwara Sommerprogramm macht er auch und dann hat er noch die Show für die einsamen Herzen in da Nocht ...“

„Fortfahren!“, brüllte der Portier. „Du sollst da fortfahren! Auf den Parkplatz!“

„Ja ... aber“, stammelte Alexander, „das geht doch nicht!“

„Ah, du meinst, das geht nicht? Na, ich wird dir zeigen, wie das geht!“ Der Portier zog sich wieder in seine Kabine zurück und rief die Polizei an. „Hallo, Polizei? Ja, hier Portier der Semmelweisklinik. Ein Taxifahrer blockiert den Eingang und lässt sich leider nicht auf den Parkplatz weisen. Ja, bitte schnell, ja, danke. Wiederhören!“

„Sie sind doch der Alexander aus dem Fernsehen?“, fragte die füllige Blondine.

„Ja?“

„Dann geben S' mir bitte ein Autogramm!“

„Mir auch!"

„Mir auch!"

„Die Polizei kommt schon. Na, die wird dir Beine machen!"

„Liebe Leute, mach ich gerne, aber nicht jetzt. Ich hab´ da drinnen im Auto eine Frau, die grad ein Kind bekommen hat. Ein Baby ist da! Ich muss mich um sie und das Kind kümmern!"

„Was sagst", gluckste die füllige Blondine zu ihrer Freundin, „ein so ein Glück, dass wir ihn da treffen, wie er sein Kind ins Spital bringt!"

„Aber, nein!" Alexander wandte sich an den wieder aus dem Fenster hängenden Portier. „Holen Sie einen Arzt. Schnell! Die Frau hat gerade ein Kind bekommen!"

Dermaßen von Alexander gefesselt, hatten Damen davon nichts mitbekommen.

„Was für eine Frau?"

„Na, die da drin, im Auto!"

In der Ferne heulte das Folgetonhorn der Polizei auf, das immer näherkam.

„Ach so, die hat ein Kind bekommen?"

„Ja, das sag ich doch!" Der Portier zog sich wieder in seine Loge zurück und begann zu telefonieren. In diesem Moment hielt der Polizeiwagen hinter dem Taxi, eine Polizistin mit einem männlichen Pendant stieg aus. Mit scharfem Ton scheuchte die Polizistin die Umstehenden zur Seite.

„Machen Sie Platz, treten Sie zur Seite, hier gibt's nichts zu sehen! Herrschaften, gehen Sie weiter!"

„Aber", wandte die füllige Blondine ein, „Frau Inspektor, das ist doch der Alexander, der aus dem Fernsehen, erkennen Sie ihn nicht?"

„Ach so?" Die Polizistin fasste Alexander missbilligend ins Auge. Hinter ihr liefen ein weißbemantelter Arzt und eine Krankenschwester heran.

„Ja freilich, schauen Sie!" Glückselig richtete sie ihren Finger auf Alexander.

„Also ist das ein Promi?"

Aus dem Krankenhaus kamen zwei Männer mit einem Transportwägelchen gelaufen.

„Ja natürlich! Der hat seine tägliche Fernsehshow! Und nicht nur eine, sag ich Ihnen! Der tritt mindestens dreimal täglich auf, im Werbefernsehen, dann mit der Geldmaschinen-Sendung immer kurz vor den Nachrichten und dann hat er noch die Sendung für die einsamen Herzen ..."

„Ein Promi!", wiederholte die Polizistin genüsslich und baute sich vor Alexander auf, stemmte die Fäuste in die Hüften und funkelte ihn an, was etwas seltsam wirkte, da die Polizistin einen Kopf kleiner war. „Na, das haben wir gerne! Ein Promi! Glauben Sie, dass das für die Polizei was Besonderes ist? Die Wiener Polizei behandelt alle gleich, und wann Sie der ondre Alexander der Wrabetz persönlich wären, wär mir das wurscht! Verstanden?"

„Jaja", gab Alexander gehetzt zur Antwort, „alles klar, aber es geht mir um die Frau, das Kind ist grad zur Welt gekommen, im Auto drin, bei mir, und ich weiß nicht, was ich jetzt machen soll ..."

Die beiden Träger aus dem Krankenhaus hatten zu diesem Zeitpunkt die Kindesmutter bereits vorsichtig aus dem Auto geholt, auf das Transportwägelchen gelegt und eine Decke über sie gebreitet. Die Krankenschwester hielt das in eine glänzende Metallfolie gewickelte, leise krähende Neugeborene, das die Augen fest geschlossen hielt – wahrscheinlich wollte es von dieser Welt, in die es so plötzlich geboren worden war, nichts wissen. Zumindest vorläufig. Als die Trage mit der Frau darauf an Alexander vorbeigeschoben wurde, griff die junge Mutter nach Alexanders Hand.

„Danke, Alexander! Es wird deinen Namen tragen!", sagte sie mit schwacher Stimme. Dann wurde sie ins Krankenhaus geschoben.

„Na schön", meinte die Polizistin. „Herbert, du gehst mit der Frau da und nimmst alles auf. Ich unterhalt mich derweil mit dem Promi hier." Sie holte einen Notizblock aus einer Tasche der Uniform. „Name, Geburtsdatum, Adresse, Sozialversicherungsnummer, Führerschein, gemma, gemma!", bellte sie.

Alexander – erleichtert, weil die nun nicht mehr Schwangere versorgt war – zog aus der Jackentasche ein Paket Autogrammkarten und kritzelte mit seinem grünen Edding 3000, den er fast immer bei sich hatte, seine Unterschrift und ein Herz auf die Karten, die er an die freudig und erregt quietschenden Umstehenden verteilte und beantwortete geduldig die Fragen der Polizistin.

„Familienstand?"

„Verheiratet, zwei Kinder, zwölf und dreizehn Jahre alt." Immer noch war Alexander von meist weiblichen Fans umstellt: „Ja freilich, gerne. Aber die Selfies machen wir nachher, gell, liebe Leute! Gleich!" Alexander warf Kusshände in die Menge.

„Na ja, jetzt drei Kinder, nicht wahr?", kommentierte die Polizistin.

„Aber nein", gab Alexander zur Antwort. „Das war nicht meine Frau."

„Ach so? Na, mich geht's ja nichts an, vom wem Sie Ihnere Kinder kriegen", meinte sie schnippisch und begann das Taxi zu umrunden, schrieb das Kennzeichen auf ihren Notizblock und warf dann einen misstrauischen Blick auf Alexander.

„Wo ist denn der Taxilenker?"

„Der wird noch am Set sein."

„Auf was für an Set?"

„Na, auf dem Platz beim Kongressbad, wo wir den Werbespot drehen."

„Werbespot?"

„Schauen Sie, ich bin TV-Moderator, ein bekannter sogar, und da bin ich für einen Werbespot für die Bahn halt als bekanntes Gesicht engagiert worden. Und das Taxi haben wir samt Fahrer auch für den Werbespot gebraucht."

„Aha." Man sah der Polizistin an, dass sie kein Wort verstanden hatte. „Und wo ist der Taxilenker?"

„Na, der ist sicher noch am Set."

„Aha. Sie wiederholen sich Ihnen. Zeigen Sie mir Ihre Taxilizenz."

„Taxlerlizenz? Die muss vorne am Armaturenbrett sein."

„So, so." Die Polizistin schob ihre Kinnbacken hin und her und blickte auf das Armaturenbrett des Taxis. „No also, da ist ja die Lizenz. Also auf dem Foto schauen Sie sich gar nicht ähnlich. Und wenn ich Sie so ansehe, glaube ich nicht, dass Sie Mehmet Adnan Öztürk heißen."

„Na, das bin ich ja auch gar nicht, und das ist nicht mein Taxi!"

„Aha. Und der Mehmet hat gesagt, Sie sollen mit dem Taxi fahren?"

„Nein, der hat es nur für den ÖBB-Werbespot beim Kongressbad mitgebracht. Ich sollte dort am Gelände nur an die 50 Meter fahren."

„Und er hat gestattet, dass Sie mit dem Taxi hierher fahren?"

„Nein, ich sollte damit nur auf dem Set fahren."

„Wieso sind Sie dann mit dem Taxi hier?"

„Na, weil ich mich entschlossen habe, die Schwangere hierher zu bringen."

„Und das hat der Mehmet nicht gestattet?"

„Nein, also ... nein. Das war ein so ein Durcheinander, und

die Schwangere hat's schon sehr eilig gehabt, und da bin ich halt losgefahren."

Der Polizist kam aus dem Krankenhaus. „So, ich hab alles beinander. Name und Anschrift der Mutter, Aufnahmedaten aus dem Krankenhaus. Ein Mäderl ist's, Alexandra heißt es, wird heute noch eine geschwinde Taufe geben, hat die Mutter gesagt."

„Aha!", machte die Polizistin zum wiederholten Mal. „Hat sie gesagt, wer der Kindsvater ist?" „Ja", antwortete der Polizist und zeigte auf Alexander. „Der da."

„Was?", fragte Alexander entsetzt.

„Na klar. Wie ich sie nach dem Kindesvater gefragt hab, hat sie nur gesagt: ‚Der Alexander war so nett und hat mich ins Krankenhaus gebracht.'"

„Hm. Der ist ein Promi." Sie wandte Alexander den Rücken zu und zeigte über ihre Schulter mit dem Daumen auf ihn. „Herbert, einen Achter."

Alexander konnte gar nicht richtig reagieren, so schnell hatte ihm der Polizist Handschellen angelegt. „Na, geht's noch?", fauchte Alexander die Polizistin an.

„Wie ich Ihnen gesagt hab, Herr Promi, bei der Polizei werden alle gleich behandelt, und ich tät auch dem Wrabetz gern Handschellen anlegen, glauben Sie mir, bei dem Programm. Sie haben freiwillig gestanden, dass Sie das Taxi dem rechtmäßigen Besitzer entwendet haben, also das strafbare Delikt eines Fahrzeugdiebstahls begangen haben. Und Sie sind ohne Taxlerschein als Taxilenker unterwegs gewesen, was unberechtigte Personenbeförderung bedeutet, das ist grob fahrlässig. Jetzt fahren Sie erst einmal ganz brav mit uns zur Wachstube, dort nehmen wir ein Protokoll auf und führen Sie dem Haftrichter vor."

Während Herbert den lautstark zeternden Alexander in den Funkstreifenwagen bugsierte, schnaubte die Polizistin vernehmlich. „Promis! Die glauben, sie können sich alles erlauben. Sowas hab ich schon gern!"

III

In der Nähe eines Aufnahmestudios des ORF-Zentrums am Küniglberg standen vor dem Regieraum zwölf einige Leute müßig herum, offensichtlich auf ein Signal zum Einsatz wartend. Ein Studiotechniker positionierte einen Scheinwerfer unter dem Flatscreen, Kameramann Stangl kontrollierte die Kopfhörerverbindung mit dem Regieraum und schraubte an ein paar Drehknöpfen seines Gerätes, Alexander unterhielt sich mit dem muskulösen Kabelträger Karli. Im Regienebenraum mit den unendlich vielen Bildschirmen, Tonreglern und allerhand technischem Equipment, das dem Nichteingeweihten eher wie die Kommandostation des Raumschiffs Enterprise erscheinen mochte, saß eine Dame mittleren Alters und strickte an irgendetwas vor sich hin, neben ihr ein weiterer Techniker, der bereits seit geraumer Weile intensiv einen bestimmten Punkt im Winkel zwischen Seitenwand und Plafond studierte. Die Strickerin hatte ihn im dringenden Verdacht, dass er mit offenen Augen schlafen konnte. Zu der idyllischen Szene kam ein weiterer Mann hinzu.

„Was ist mit euch, werdets ihr fürs Fadisieren bezahlt?"

„Irgendwie schon", gab der Kameramann zurück. „Wir warten auf die Frau Reschissöse."

„Servus, Bernhard", begrüßte Alexander den Neuankömmling. „Was machst denn da?"

„Meine Aufnahme haben s' verschoben, jetzt hab ich mir gedacht, schau ich einmal bei dir vorbei."

„Aso, ja, kein Problem", meinte Alexander, „aber hust nicht rein – weißt eh, das ist eine Livesendung!"

„Mach dir keine Sorgen, ich geh dann eh nach nebenan. Aber du musst dich beeilen – schaffst du das überhaupt noch?"

„Jetzt kenn ich mich nicht aus", meinte Alexander, „ich bin doch schon da, wir warten nur auf die Madame Vogtbauer."

„Ja, aber wieso warst dann noch nicht in der Maske?"

„Ich weiß nicht, was du willst, bei der war ich doch schon vor einer Viertelstund."

„Komisch. Wieso hat's dich nicht drangenommen?"

„Hah?"

„Na, so wie du ausschaust ..."

„Geh, hör auf mit deine blöden Schmäh ..."

Aus dem Nebenraum rief einer der Techniker: „Achtung! Die Frau Reschissörin Vogtbauer kommt! Alles bereithalten!"

„Was alles?", murmelte Bernhard und ging aus dem Aufnahmeraum.

Im schmalen Gang nahte die Regisseuse mit strammem Schritt, ihr Rock schwang dabei weit nach links und rechts, sodass neben ihr niemand Platz hatte. Hinter der sorgfältig frisierten Frau – möglicherweise kam sie auch direkt aus der Maske – trippelte eine zweite, die hatte nur einen Bubikopf, dafür aber ein Aufnahmegerät und ein Mikrofon in der Hand. Beide verschwanden im Technikraum. Kurz danach klang die Stimme der Regisseurin aus den Lautsprechern.

„Herrschaften, wir haben noch zehn Minuten Zeit, eine Durchlaufprobe bitte!"

Alexander stellte sich auf die am Boden markierte Stelle, den sogenannten Lichtpunkt, der Kameramann Stangl justierte die Kamera zwei und rief: „Geht!"

Darauf kam aus dem Studiolautsprecher nicht wie gewohnt die Stimme der Regisseurin, sondern die der strickenden Dame: „Drei ... Zwei ... Eins ... Los!"

Routiniert sagte Alexander sein Sprüchlein zur Begrüßung der Zuschauer auf, vermittelte dabei gekonnt Herzlichkeit und Freude, seine Zuseher ansprechen zu können. Der Kameramann Stangl bediente aus Einsparungsgründen beim Sender gleich zwei Kameras, lief, wie er es gewohnt war, geräuschlos zur zweiten Kamera, richtete diese ebenfalls ein, auf sein Zeichen hin wandte sich Alexander nun dieser Kamera zu, während er fiktiv zugeschaltete Telefonkandidatinnen mit den Namen Katharina aus Wien dreizehn und Andrea aus Bischofshofen in Salzburg vorstellte.

„Okay, das geht", befand die Regisseurin. Im Regieraum erklang die Signation der Show und auf den Monitoren erschien das markante bunte Hintergrundbild, das während der Sendung über den tatsächlich vorhandenen blauen Vorhang der Bluebox geblendet wurde.

Kurz darauf wurde es ernst und die ganze Szenerie wiederholte sich, nur dass Alexander nun mit tatsächlichen Telefonkandidaten sprach, die über Symbolfelder abwechselnd erraten sollten, wo sich ein dritter Goldener Philharmoniker befand. Nachdem Alexander schon über siebenhundert solcher Sendungen, die durch die Lotterien und ein bekanntes Rubbellos finanziert wurden, hinter sich hatte, wickelte er auch diese souverän ab. Nach wenigen Minuten war die Darbietung vorüber, Alexander ging nun ebenfalls in den Regieraum, um die Wiedergabe der soeben getätigten Aufnahme mitzuverfolgen.

Während die junge Dame mit Bubikopf und Mikrofon die Regisseurin interviewte, gingen Alexander und Bernhard wieder in den Aufnahmeraum.

„Na ja", sagte Bernhard, „gut is gangen, nix is gschehn. Wie lang machst du die Show jetzt schon?"

„Ach, ich glaub, so dreizehn Jahr."

„Da bist ja schon ein Methusalem beim ORF."

„Schaut ganz so aus", grinste Alexander. Mittlerweile war die Dame mit Bubikopf und Mikrofon hinter Alexander getreten, ohne dass dieser sie bemerkt hätte.

„Sag einmal", fragte Bernhard schon beinahe lüstern, „ich hab gehört, du hast einen Wickel mit der Polizei gehabt?"

„Ja schon, aber das war nix, hat sich schnell erledigt."

„No geh, erzähl einmal!", meinte Bernhard mit Blick auf die Reporterin, die ihr Mikrofon möglichst optimal platzierte.

„Eigentlich a ganz blöde Gschicht", sagte Alexander. „Bei den Aufnahmen für einen ÖBB-Werbespot hätt ich einen Taxler spielen sollen, und da ist ganz plötzlich eine Hochschwangere ins Taxi geraten, die war also wirklich nur Minuten vorm Niederkommen. Ich bin gleich mit dem Taxi ins nächste Spital gefahren, und sie hat im Auto das Kind grad gekriegt, wie ich mich vor der Semmelweisklinik eingeparkt hab. Blöderweis ist die Polizei dahergekommen und hat mich wegen Diebstahls des Taxis festgenommen – stell dir vor, sie haben mir sogar Handschellen angelegt!"

„Na wumm!"

„Noch blöder war, dass die Kindesmutter so komisch dahergeredet hat, dass die Polizei der Meinung ist, dass ich der Vater des Kindes bin."

„Na und bist du es?"

„Aber geh – ich bin doch glücklich verheiratet ..."

„Aber Fans hast genug, wenn ich da an manche Facebook-Kommentare denke! Da wär das schon möglich, also ich wär da kein Kostverächter, und wenn's einmal so ausgeht ... na ja, zahlst halt die Alimente, was soll's, wären vielleicht nicht die ersten, haha!" Bernhard hieb Alexander auf die Schulter, die Reporterin verstaute ihr Mikrofon und machte sich auf leisen Sohlen davon.

„Du bist wirklich sowas von blöd mit deine komischen Schmäh ... Aber das hat sich ja alles aufgeklärt, und das Filmteam hat mich von der Polizeistation abgeholt, die sind mir nachgefahren. Der Stabhochspringer war der erste bei der Polizei, der ist überall drüber ghupft, auch über die roten Ampeln, die Feuerwehr hat mit dem Folgetonhorn die Straße freigemacht, die Cheerleader haben eine Jubelallee von der Polizei bis zum Regiewagen gebildet und sogar die

Kobra ist satt und zufrieden aus ihrem Korb ghängt, weil ihr die Feuerwehrleut ein paar Ratzen gfangt haben. Nur die Handleserin Adele – die ich übrigens auch schon mal im Marchfelderhof in Deutsch Wagram gesehen habe – ist bei der Polizei geblieben, die sagt ihnen jetzt allen die Zukunft voraus."

„Chaos pur", sinnierte Bernhard. „Da hast was angstellt, das steht morgen garantiert in der Zeitung."

„Na, macht ja nix", antwortete Alexander, „besser eine Schlagzeile über mich als das große Schweigen." „Jetzt redest schon wie der Bohlen, dem is auch nix zu blöd. Wissen möchte ich", murmelte Bernhard, „was für a Zukunft a Kieberer in Meidling haben kann."

„Kartenaufschlagen wird's den Polizisten auch, hat's gesagt."

„Kein Wunder", zeigte sich Bernhard erschüttert, „dass die zum Saufen anfangen. Der Strache hätte vielleicht auch besser zu dieser Handleserin gehn soin statt zu seiner Mystikerin, dann wär es vielleicht niemals zu dieser Ibiza Gschicht komman."

„Wann das alles wirklich in der Zeitung kommt", kommentierte Alexander, „dann kannst Gift drauf nehmen, das Blattl heb ich mir auf."

IV

Der Kaffeeduft zog durchs Haus. Alexander beschloss den Computer in seinem Arbeitszimmer zu verlassen und am morgendlichen Frühstück der Familie teilzunehmen. Seine Kinder, die zwölfjährige Isabella und den um ein Jahr älteren Viktor, musste er anschließend ohnehin zur Schule bringen.

Im geräumigen Esszimmer seines Hauses waren die Kinder wie immer in irgendeinen geschwisterlichen Hickhack verwickelt. Alexander setzte sich zum Tisch, ließ die Kinder lärmen und zog die Kaffeekanne zu sich. Anna, seine Frau, war nirgends zu sehen. Also stand er auf und wandte sich dem Kühlschrank zu. In eine Schüssel schüttete Alexander eine Portion Müsli, gab Joghurt hinzu – nein, keinen Zucker, er musste auf sein Gewicht achten. Nicht nur wegen dem laubfroschgrünen Flittersakko, das er in der Fernsehshow trug, war er auf seine Figur bedacht, sondern auch wegen des Lauftrainings, das er am Vormittag absolvieren wollte – wie jeden Tag. Er trug die Müslischüssel zum Tisch und setzte sich wieder.

„Sagts einmal, Kinder", wandte er sich an seinen Nachwuchs, „wisst ihr, wo die Mama ist?"

„Die hat gesagt, sie holt die Zeitung", gab der auf beiden Backen kauende Viktor von sich.

Alexander warf durch den Vorhang einen Blick hinaus in den Garten. Von diesem Fenster aus konnte man den Weg zum Gartentor in voller Länge sehen. Und auch das Gartentor selbst, da wusste man dann gleich, wer Einlass begehrte. Und richtig, Anna stand auf dem Weg und las in der Zeitung, völlig gebannt, wie es schien.

„Tuts nicht herumtrödeln, wir müssen bald los, weil der Verkehr wird ja von Tag zu Tag stärker. Und ich will nicht, dass ihr zu spät kommt."

„Ja, Papa", maulten die Kinder, bemühten sich aber sichtlich nicht zu trödeln. Draußen faltete Anna die Zeitung sehr sorgfältig zusammen. Irgendetwas musste sie verärgert haben, denn ihr Gesicht war hochrot, und ihrer Miene nach war sie bestrebt einen Tornado loszulassen. Sie gab sich einen Ruck und marschierte mit energischen Schritten zum Haus. Im Esszimmer angekommen fixierte sie Alexander mit eindeutig unheilvollem Blick, stemmte die Hände in die Hüften und versuchte Alexander mit ihren Blicken zu durchbohren.

„Servus, Schatz", meinte dieser etwas hilflos, wusste er doch nicht, was er angestellt haben sollte. Es war ein ganz normaler Tag, er würde die Kinder gleich zur Schule bringen, es gab keine schlechten Nachrichten. Punkt. Er konnte die Wut, die Anna offensichtlich gepackt hatte, auf keinen Umstand zurückführen. Er wusste nicht, was ihr über die Leber gelaufen war.

„Scha-atz?" Der messerscharf schneidende Tonfall Annas ließ Alexander einen Schauer über den Rücken laufen. Die Kinder ließen ihre Debatte sein und verstummten. Man hätte die berühmte Stecknadel fallen hören können.

„Ja, Schatz! So sag ich doch immer zu dir."

„Und sicher zu allen anderen auch!", platzte es aus Anna heraus.

„Was? Ist dir nicht gut?"

„Dir", schrie Anna, „wird's gleich nicht gut gehen!" Sie knallte die Zeitung vor Alexander auf den Tisch. „Jetzt ist's also endlich herausgekommen!"

„Bitte, was ist herausgekommen?"

„Les doch die Zeitung, du Lump!", schrie Anna.

Alexander griff nach der Kronen Zeitung, schlug sie auf, und alles Blut wich aus seinem Gesicht, als er die Titelzeile las.

„Showmaster leistet heimlicher Geliebten Geburtshilfe!"

„Was steht da, Mama, was steht da?", wünschte Isabella zu wissen.

„Was da steht?" Anna formulierte die Frage in ganz zuckersüßem Ton. „Da steht, liebe Tochter, dass dein Vater" sie wurde wieder laut und schrie Alexander an, „ein ganz widerliches Schwein ist, ein Ehebrecher, der deine Mutter schamlos betrügt und anlügt, der eine Geliebte hat, die er bei helllichtem Tag in ein Krankenhaus fährt, damit sie dort sein Kind bekommt! Du widerliche Kreatur du!"

Alexander las in der Zeitung, es stand wirklich alles da, wurde in dem Bericht von Gregor Brundl genau berichtet – allein dass er der Kindesvater sei, das stimmte nicht. Aber offensichtlich haben die Polizisten ihr Protokoll derart schludrig verfasst, dass daraus hervorging, dass die ihm unbekannte Frau sein Kind zur Welt gebracht hatte.

„Aber das stimmt doch gar nicht!" Alexander schlug mit der Hand auf die Zeitung. „Das ist alles falsch!"

„Und das wagst du noch zu behaupten? Lügner, abgefeimter Lügner! Steht alles in der Krone, sogar mit Fotos! Bin sicher im Kurier und den andern Blattln is auch schon was drin, dauert sicher nicht lange, dann is dein scheinheiliges Gsicht auch in der Ganzn Woche und nicht so wie damals bei deiner späten Firmung! Da schau her, du geliebter Ehegatte, da bist du mit dem Kind und deiner geliebten Frau daneben! Da gibt's nichts abzustreiten! Du bist ein elender Lump!"

„Was, wir haben ein Geschwisterl?" Viktors Reaktion verwirrte Anna.

„Ja, ein Mäderl ist's und auf den Namen Alexandra wird es getauft. Alexandra, no na!" schnaubte Anna.

„Das ist aber supergeil!", frohlockte Isabella

„Nein", fauchte Anna, „dein Vater ist supergeil!"

„Das mein ich nicht", gab Isabella zurück. „Ich mein, ein Schwesterl, das ist doch voll krass! Wir haben uns schon lang ein Geschwisterl gewünscht!"

Viktor nickte. „Und wenn's ein Mäderl ist, macht das auch nichts. Bis die mich zu nerven anfangt, ist die Isabella schon erwachsen und dann vielleicht vernünftig! Dann nervt mich nur noch eine, aber bei der bin ich dann der wirklich große Bruder und hab endlich Autorität!"

„Seids ihr noch bei Sinnen?" Anna tobte. „Euer Vater hat mir ewige Treue versprochen! Und was macht er? Das Versprechen ist ihm wurscht! Er bu... macht herum mit irgendwelchen Weibern, macht ihnen Kinder, er betrügt mich, und das ist euch egal?"

„Zuerst kann sie bei mir schlafen!", warf Isabella ein. „Ich hab in meinem Zimmer Platz für ein Gitterbett, das geht sich aus!"

„Was?" Anna konnte nicht fassen, dass die Kinder ihre Entrüstung nicht teilten.

„Auf keinen Fall", meinte Viktor. „Das ist ein Säugling, der muss alle drei Stunden Milch bekommen oder was die Kleinkinder halt so kriegen ... wir räumen einfach Papas Arbeitszimmer aus, da kommt unser Geschwisterchen rein, da hat sie ihre Ruh vor dir und Mama kann sich in aller Ruhe richtig um sie kümmern."

„Was?" Anna kreischte. „Seids ihr völlig übergeschnappt?"

„Na, wär doch das Beste", meinte Viktor. „Das Arbeitszimmer vom Papa übersiedeln wir in die Kraftkammer, und die Geräte von dort ins Tischtenniskammerl. Spielt eh keiner mehr."

„Und was ist mit mir? Denkt irgendeiner von euch auch an mich?" Anna spie beinahe vor Wut. „Das ist mein Haus", raste sie.

„Zur Hälfte ist's meins", warf Alexander ein.

Anna fuhr ihn an: „Kusch!" Dann wieder an die Kinder: „Glaubts ihr wirklich, dass ich einen fremden Balg in dieses Haus lasse und mich auch noch um ihn kümmern werde? Soll der feine Herr da selbst schauen, wie er damit klarkommt! Ich fütter keine fremden Bälger! Das wär ja noch schöner! Raus mit euch, zur Schule, schauts selber, wie ihr dorthin kommts, aber gschwind! Ich hab mit eurem feinen Herrn Vater noch ein paar Hendln zu rupfen ..."

„Na, so schlimm ist das nicht", maulte Isabella.

„Liest und hört man eh überall, dass alle fremdgehen ..."

Anna knallte einen Teller auf den Tisch, der in Scherben zersprang. „Raus!"

Die Kinder sprangen auf, packten ihre Rucksäcke und schlüpften in ihre Schuhe. In der Tür drehte sich Viktor noch einmal um, öffnete den Mund, um etwas zu sagen, unterließ es aber unter Annas mordlüsternem Blick.

Anna wandte sich Alexander zu, mit verschränkten Händen. „So, jetzt sind die Kinder weg. Und was hast du feiner Herr, du wunderbarer Showmaster, du mieser Lumpenhund, mir zu sagen?"

„Das ist alles ein Missverständnis! Das musst du mir glauben!"

„So, so. Muss ich das!"

„Ja klar! Das kann dir jeder vom Filmset bestätigen!"

„Was kann man mir bestätigen?"

„Hör mal, ich bin in dem Taxi gesessen und hab auf meinen Einsatz gewartet, da kommt diese Frau und setzt sich ins Taxi."

„Da bin ich sicher, dass mir das jeder bestätigen kann. So steht's ja auch in der Zeitung."

„Ja also! Die Frau war hochschwanger, eigentlich schon kurz vor der Geburt. Was hätt ich da sonst machen sollen, als sie ins Spital zu fahren!"

„Ein reiner Akt menschlicher Nächstenliebe!"

„Ja, das kann dir jeder auf dem Set bestätigen, genauso war's und nicht anders!"

„Das ist aber auch schon alles. Neugierig darauf bin ich, wie die Leute vom Filmset bestätigen, dass du die Frau bisher nicht gekannt hast!"

„Das ist doch gar nicht die Frage! Ich hab sie ja auch nicht gekannt!"

„Also: Die Leute vom Filmset können gar nichts bestätigen, was die Frau betrifft."

„Na ja, wie denn?"

„Also sind deine Entlastungszeugen wertlos. Die kannst vergessen. Aber das Polizeiprotokoll, das sagt klipp und klar aus, dass die Frau dich als Vater angegeben hat!"

„Aber das stimmt doch gar nicht!"

„Hat sie's vielleicht vom Heiligen Geist gekriegt?"

„Ich weiß nicht, von wem sie es hat!"

„Warum gibt sie dann dich als Vater an, Herr Showmaster?"

„Das weiß ich doch nicht!"

„Warum soll sie lügen?"

„Ich kenn die Frau nicht! Ich hab sie am Set dort beim Kongressbad das erste Mal gesehen!"

„Also so blöd kann ja keiner sein. Tatsache ist: Die Frau hat dich als Vater angegeben, das ist polizeilich protokolliert. Versuch einmal, die Polizei als Lügner hinzustellen. Da lachen ja die Hühner! Du bist amtlich festgestellt der Vater dieses Balgs. Da kannst du versuchen dich herauszureden wie du willst, das wird nichts mehr.

Damit bist du amtlich als Ehebrecher festgestellt und erkannt. Dagegen hilft auch nichts mehr."

„Aber das stimmt doch gar nicht!"

„Das kannst du abstreiten wie und sooft du willst, das nützt dir nichts. Das ist alles behördlich festgehalten. Du bist ein Schuft, sonst nichts. Und wer weiß, wie oft und wie lange du mich schon hintergehst, du Streuner, du gemeiner! Aber das ist ja gar nicht mehr wichtig. Die Beweislage ist eindeutig."

„Was heißt da Beweislage?"

„Ja, was glaubst denn du, was ich jetzt mache?", giftete Anna. „Mit dem Polizeiprotokoll und der Zeitung da gehe ich zu dem sauteuren Dr. Kakas, dem Scheidungsanwalt, musst eh du zahlen, weil ich hab ja kein Einkommen, bin nur die blöde Ehefrau! Ganz offensichtlich und beweisbar hast du hinterrücks die eheliche Basis zerstört. Bist echt saublöd, dass du dich dabei erwischen hast lassen!"

„Dem Scheidungsanwalt?", fragte Alexander kleinlaut.

„Aber natürlich, mein Herzibinki!" Anna klimperte mit den künstlichen Wimpern. „Und der Dr. Kakas wird dich, wie es sich für einen gebürtigen Ungarn gehört, mit Schärfe filetieren wie eine Forelle, bis nur noch die Gräten übrigbleiben. Nachdem die Kinder hier wohnen und ihren normalen Wohnsitz nicht verlassen werden, musst du dir eine neue Bleibe suchen, denn ich bekomm natürlich das alleinige Sorgerecht. Auch ich wohne hier, das Haus gehört zur Hälfte mir, also wirst du ausziehen. Wohin, ist mir wurscht, von mir aus unter die Friedensbrücke beim Donaukanal oder beim Franz-Josefs-Bahnhofs.

Nachdem ich ja keinem Beruf nachgehe, seit die Kinder auf der Welt sind, wirst du Unterhalt für mich zahlen müssen und nicht zu knapp, denn mein bisheriger Lebensstil muss durch dich gewahrt bleiben, mein Bester. Und Alimente für die Kinder wirst du auch zahlen, zumindest für die nächsten zehn Jahre. Gar nichts wird dir bleiben, du Schuft!

Ah ja. Hab ich fast vergessen – für dein Betthaserl wirst auch aufkommen müssen, und klarerweise auch für dein jüngstes Töchterl. Macht sich gut, der Herr Showmaster. Da fallt mir ein, der Rechtsanwalt wird sicher auch deine Hälfte des Hauses pfänden – als Sicherheit für uns alle, falls dir was passiert oder du dich in einem hellen Moment aufhängst. Ruinieren werd ich dich. Mein Gott, der Hölle Rache kocht in meinem Herzen!"

„Das ist doch der reine Irrsinn!", entfuhr es Alexander.

„Ja, mein Lieber! Schon blöd gelaufen, gell?"

„Aber das ist doch auch mein Haus, ich wohn hier!", ächzte Alexander. „Und das ist doch alles nicht wahr!"

„Na ja, noch wohnst du hier, aber wirklich nicht mehr lang. Ich bin sicher, mein Scheidungsanwalt wird eine gerichtliche Weisung erwirken, dass du dich mir und den Kindern nur noch bis maximal 100 Meter Distanz nähern darfst. Und ab heute – bis zu dieser Wegweisung – schlafst im Gästezimmer. Haben wir uns verstanden?"

„So glaub mir doch bitte, das ist doch alles nur ein Missverständnis. Der Polizist ..."

„Jajaja." Anna warf einen triumphierenden Blick auf das Häufchen Elend, das Alexander in diesem Moment darstellte. „Und damit dir klar ist, wohin die Reise geht: Wenn du deinen Verpflichtungen nicht nachkommst, gehen an alle deine Arbeitgeber, auch an den hochlöblichen ORF, sogenannte Drittschuldnererklärungen. Das heißt, dass du dann nur noch ausbezahlt bekommst, was dir das Gericht an Existenzminimum zubilligt. Alles andere ist mein, oh du mein lieber Schatz!

Und jetzt schleich dich!"

Anna kannte sich gut aus, sehr gut. Schließlich hatte sie vor den Kindern bei einem Anwalt gearbeitet. Warum sie auf Alexander allerdings so heftig reagierte, war ihm schleierhaft. Sie war auf ihn wie ein Fallbeil herabgesaust. Endgültig und unumkehrbar.

V

Edgar Hollerer hieß der Chef jener Abteilung beim ORF, die die von Alexander moderierten Shows produzierte. Wie so viele andere Personen in der Sendeanstalt hatte Herr Hollerer damit auch gleich seinen Spitznamen und wurde nur noch als „der Hollerer" angesprochen, ganz besonders, seit der seinerzeitige ÖBB Vorstandsvorsitzende und erste österreichische Kurzzeit-Bundeskanzler etwas als „populistischen Vollholler" bezeichnet hatte.

Alexander hatte schon ein ungutes Gefühl beschlichen, als Elisabeth Bledl, die Sekretärin des Hollerers, ihn zwar mit höflichen Worten, aber dennoch zur Besprechung mit dem Unterhaltungschef befohlen hatte. Das Gefühl wurde noch düsterer, als er vor der Tür des Büros vom Chef stand.

„Sie dürfen jetzt hineingehen", sagte Büroleiterin Elisabeth Bledl, ohne ihn anzusehen. Alexander seufzte, atmete tief durch und trat ins Zimmer des hohen Herrn der Show-Produktionen.

„Ah, mein lieber Alexander", begrüßte Herr Edgar Hollerer den Eintretenden, stand auf, eilte ihm entgegen, dirigierte ihn zu einem Sessel am Nebentisch, setzte sich Alexander gegenüber. „Wie geht es Ihnen?"

„Na ja, so einigermaßen", entgegnete Alexander. Er hatte beim Hereinkommen gesehen, dass der Hollerer auf dem Schreibtisch die bewusste Zeitungsausgabe liegen hatte, die bei ihm privat für so viele Schwierigkeiten sorgte. Offenbar war schon die ganze Welt informiert.

„Ja, also", der Hollerer räusperte sich. „Es geistert da eine seltsame Meldung durch die Presse ..."

„Das ist eine ganz unglückliche Geschichte, Herr Hollerer." Der Angesprochene nickte. „Durch ein Versehen eines Polizeibeamten, der leider nicht richtig zugehört hat, wurde das Gerücht in die Welt gesetzt, dass ich eine Geliebte hätte und diese zwecks Geburt eines angeblich gemeinsamen Kindes in ein Krankenhaus gebracht hätte."

„So liest man es", stimmte der Unterhaltungschef zu.

„Aber das stimmt überhaupt nicht. Das Polizeiprotokoll ist völlig falsch, wie gesagt durch die Schlamperei eines Polizisten."

„Jaja, das mag sein", antwortete der Hollerer.

Seltsam, dachte Alexander, er bietet mir nicht einmal eine Tasse Kaffee oder zumindest Wasser an, wenigstens der Höflichkeit halber. Das bedeutete gar nichts Gutes. Alexanders Herz rutschte noch weiter hinab.

„Ich glaube Ihnen das natürlich, schließlich habe ich keinen Grund, etwas anderes anzunehmen, oder? Wir haben ja jetzt schon viele Jahre vertrauensvoller Zusammenarbeit hinter uns und die Leidenschaft zum Laufsport verbindet uns auch außerhalb des Senders, oder? Warum sollten Sie mir da Märchen erzählen, oder – wie man in Wien so sagt – ein Gschichtl hineindrücken wollen, oder?"

Alexander nickte.

„Die Sache ist halt wirklich zu einem ungünstigen Zeitpunkt publik geworden, nicht wahr?"

„Also dafür gibt's keinen günstigen Zeitpunkt", räsonierte

Alexander. „Das ist ein ganz dummes Gerücht, das durch ein Missverständnis entstanden ist ..." Der ORF Unterhaltungschef der selbst 1975 als junger Ferialpraktikant im Sender begonnen hatte , winkte ab.

„Ja. Natürlich, natürlich. Ist nichts dran, das haben Sie schon betont. Okay." Er räusperte sich. „So seltsame Vorwürfe kommen gerade bei Prominenten immer wieder vor, oder? Das muss man ganz einfach aussitzen, meine ich, oder? Wie viele Ihrer Kollegen haben so etwas oder Ähnliches schon erlebt. Da brauchen wir gar nicht weit gehen, Gerüchte gab's oft schon über diesen und jenen, wobei die Frauen ja nicht ausgenommen sind, und oft haben sie sich als wahr erwiesen, nicht wahr, die Gerüchte, aber auch oft als Intrigenspiel. Sie wissen ja selbst, dass schon allein unser Haus eine unendliche Quelle der illustresten Geschichten ist, oder?"

Alexander nickte wieder.

„Erfahrungsgemäß ist das Gedächtnis der Leute ja relativ schlecht, und Publikumslieblingen verzeiht man so manchen Ausrutscher ..."

„Aber ich hab doch gar keinen ..." Alexander verstummte, als der Unterhaltungschef die Hand hob.

„Schon gut", meinte dieser. „Darüber brauchen wir nicht zu diskutieren. Kommen wir zum Punkt der Sache. Herr Alexander, Sie sind ein sehr beliebter und bekannter Showmaster, und wir sollten uns in unserer gemeinsamen Arbeit nicht von Tagesgerüchten leiten lassen, nicht wahr? Doch die Zeiten sind seltsam, ganz besonders jetzt in dieser #me-too-Ära, da muss man schon auf seine Reputation achten. Vor allem wir als Sender. Wir wollen und können uns keinen Shitstorm leisten, das sehen Sie doch ein, nicht wahr? Daher schlagen wir Ihnen vor, dass Sie Urlaub nehmen, vorläufig, sozusagen, bis das Interesse des Publikums von neuen Skandalen abgelenkt wird – und diese Skandale wird's geben, das ist so sicher wie das Amen im Gebet, wie unser Staatsoberhaupt gerne sagt. Wenn schon die High Heels der Frau Kummer – ich möchte grad die jetzt nicht kommentieren oder diskutieren, obwohl es gerade zu diesem Thema eine Menge zu sagen gäbe – zu bösartigen Verbalattacken auf unser Haus führen, was haben wir dann erst zu erwarten, wenn wir Ihre Person ohne jeglichen Kommentar so wie bisher weitermachen lassen würden? Daher, so meinen wir, wäre ein Urlaub – so etwa vier Wochen vorerst einmal – das Richtige, um wieder Ruhe in die aktuelle Show zu bekommen."

„Was, Sie wollen mich aus der Show raushaben?"

„Aber doch nur mit einem vorläufigen Urlaub! Wenn die Sache nicht mehr interessant ist, dann können wir natürlich weitersprechen, nicht wahr?"

„Das geht doch gar nicht!", begehrte Alexander auf. „Wir haben fixe Verträge, darin ist mir die Show noch für die nächsten drei Jahre garantiert. Und ich werde aussuchen, wer mein Nachfolger wird, wenn ich überhaupt einen wünsche. So steht's im Vertrag!"

„Wohl wahr", stimmte der Hollerer zu. Ich kann nur sagen, nehmen Sie den Urlaub, das wäre das Beste für Sie."

„Aber warum, bitte? Wenn ich nicht auftrete, bekomme ich auch keine Gage. Wovon sollen denn ich und meine Familie leben?"

„In erster Linie muss ich auf die Reputation des Senders achten", sagte Hollerer sehr kühl, beinahe eisig. „Wir können uns keinen Skandal leisten. Punktum! Und die Gage für die Familie – seien Sie mir nicht böse, aber was man so hört, haben Sie bald keine Familie mehr, vielleicht nur ein Besuchsrecht. Und Sie selbst – nun, Sie sind bekannt, beliebt – Sie werden sicher bei einem anderen Sender einen Ersatzjob finden, nicht wahr?"

„Nochmals, Herr Hollerer", drängte nun Alexander. „Wir haben einen Vertrag. Ich werde diesen erfüllen, so wie ich das bisher über viele Jahre gemacht habe. Und Sie werden ihn auch erfüllen."

„Sie gehen also nicht auf Urlaub?"

„Nein, das kommt gar nicht in Frage. Ich bleibe vertragstreu."

„Nun, das ist schade. Aber wenn's nicht anders geht ..." Hollerer stand auf und nahm wieder hinter seinem Schreibtisch Platz. „Wir fühlen uns natürlich auch an den Vertrag gebunden."

Alexander atmete hörbar auf.

„Und da haben wir den Paragrafen 36 des Vertrages, der besagt, dass wir den Vertrag mit sofortiger Wirkung kündigen können, wenn dies wichtige Gründe erforderlich machen. Die Aufrechterhaltung der einwandfreien Reputation unseres Hauses ist ein solcher wichtiger Grund. Ich teile Ihnen daher offiziell mit, dass ich nach unserem Gespräch die Rechtsabteilung, also Herrn Reiner Rauch, sie kennen sich ja von seiner Hochzeit, wie ich gehört habe, anweisen werde, genau aus diesem Anlass den Vertrag mit Ihnen zu kündigen."

„Was?" Alexander sprang auf. „Das können Sie nicht machen! Das ist meine Show, die habe ich mitentwickelt, die habe ich allein zu einer der erfolgreichsten Gameshows im deutschsprachigen Raum gemacht! Die Show gehört mir!"

„Nein. Die gehört uns. Schauen Sie in den Vertrag!"

„Aber ohne mir geht die Show unter!"

„Blödsinn! Moderatoren, die nur auf eine solche Gelegenheit warten, gibt es wie Sand am Meer und sie haben ab sofort ausreichend Zeit für Meer und Sand. Apropos, Frau Schneider vom „Shop-TeVau", sie wissen vielleicht, dass wir uns gut kennen, wünscht Ihnen dank des Paragrafen 36 auch schönen Urlaub. Guten Tag, Herr Alexander!"

Alexander saß einige Zeit wie gelähmt auf dem Fahrersitz seines geliebten Autos in der Tiefgarage des Senders. In seinem Kopf rotierten die Gedanken, Dutzende Fragen und Sorgen versuchten seinen Verstand einzukreisen. Nein, rief er sich zur Ordnung. Panik lasse ich da keine aufkommen. Schließlich hatte er noch ein paar Eisen im Feuer. Nur auf einem Bein zu stehen ist niemals gut, und immerhin hatte er ja Verbindungen. Auf eine davon setzte er ganz besonders. Alexander fuhr aus der Tiefgarage an den stets freundlichen Portieren beim Schranken in der Würzburggasse vorbei und in Richtung Stadtinneres und versuchte über die Freisprecheinrichtung seinen Freund, den Produktionschef von TotalTV zu erreichen. Er bekam ihn tatsächlich ans Handy.

„Hallo, Bobby!"

„Hi, Alexander!", antwortete sein Freund. „Was liegt an?"

„Ich hab mir verschiedene Gedanken über unser gemeinsames TV-Projekt gemacht."

„Aha"

„Und da wollte ich mit dir darüber sprechen."

„Ja, gute Idee", meinte der Freund. „Nur im Moment geht's mir wirklich nicht aus. Aber heut Abend könnten wir uns treffen, im Salettl-Pavillon im Neunzehnten, vielleicht so um sechs?"

„Salettl ist super, aber die renovieren gerade den Fußboden. Treffen wir uns doch im Café Mozart gleich in der Stadt", antwortete Alexander.

„Ja, spitze! So machen wir das. Bis dann!", bestätigte Bobby.

***

Alexander ging schon um dreiviertel sechs ins Mozart hinter der Staatsoper, nahm Platz und bestellte tatsächlich eine Melange, obwohl er normalerweise immer naturtrüben Apfelsaft mit Leitungswasser auf einen halben Liter gemischt trinkt. Die neugierigen Blicke ringsum war er gewohnt, schließlich stellte er eine bekannte Person des öffentlichen Lebens dar, sein Gesicht kannte die ganze Nation. Doch diesmal schienen die Blicke anders, abschätziger, das Getuschel unter den Leuten war anders, hinter vorgehaltener Hand. Alexander vermeinte ab und zu ein höhnisches Kichern zu vernehmen. Jetzt fiel Alexander auch ein, dass ihn der Ober bei seiner Bestellung mit einer hochgezogenen Augenbraue fixiert hatte. Die Geschichte hatte die Runde gemacht, scheinbar meinte die ganze Welt, dass er ein uneheliches Kind hatte.

Das pünktliche Erscheinen des Freundes bewahrte Alexander davor, in depressive Stimmung zu verfallen.

„Servus, Alexander!", ächzte Bobby und ließ sich in den Plüschsessel fallen. „Eine Melange bitte!", bestellte er beim Ober, der Alexander wieder mit der missbilligend hochgezogenen Augenbraue musterte. „Wie geht's dir?"

„Was soll ich dir sagen?", erwiderte Alexander. „Die ganze Welt glaubt, ich hab meine Frau betrogen und meiner heimlichen Geliebten vor der Semmelweisklinik Geburtshilfe geleistet."

„Was willst, ist's wenigstens heraußen, die Gschicht", meinte Bobby und nahm von der indigniert hochgezogenen Augenbraue den Kaffee in Empfang.

„Aber das stimmt doch alles gar nicht!"

„Hah?", machte Bobby und blickte den Freund erstaunt an.

„Nein!" Alexander schüttelte den Kopf. „Ich kenn die Frau überhaupt nicht, und ich bin auch nicht der Vater. Ich sollt bei einem etwas morbid fast kafkaesk wirkenden Filmset im sechzehnten Bezirk beim Kongressbad für an ÖBB-Werbespot mit einem Taxi fahren, und da hat sie sich einfach reingesetzt und gemeint, sie muss ins Krankenhaus. Ich bin losgefahren und vor der Frauenklinik, also dem Spital, war's dann so weit."

„Was, du bist gar nicht der Vater?"

„Nein, natürlich nicht! Aber so ein Depp von Polizist hat ein völlig verblödetes Protokoll verfasst, dass es jetzt ausschaut, als wär ich es, aber das stimmt gar nicht!"

„No, das is a Gschicht!"

„Ja, was soll ich machen, ich bin jetzt der Paria der Ausgestoßene. Und hab keine Ahnung, wie ich mich wehren könnt."

„Und was sagt die Anna dazu?"

„Ach, hör auf. Die ist auf tausend, spinnt komplett und redet von Scheidung. Weiß noch nicht, wie ich das kitten könnt."

„Aber, das kriegst schon wieder hin, denkt an die Gschicht mit diesem großen Laufevent im Prater, den du in deinem Namen organisiert hast, für die Networkfirma, die dann lange nix zahlen wollt, des hast a irgendwie hinbekommen. Wennst dir nichts zuschulden kommen lassen hast, klärt sich das schon wieder auf", versuchte Bobby seinen Freund zu trösten.

„Wollen wir's hoffen", gab Alexander zurück, „aber neben meinem Haussegen hängt auch der mit dem ORF jetzt ein bisserl schief."

„Aso?"

„Ja, sie haben mich für vier Wochen beurlaubt." Alexander druckste herum, er wollte seinem Freund nicht gestehen, dass er hinausgeworfen worden war. „Unbezahlt."

„Auweh", meinte Bobby und lehnte sich zurück. „Da bist jetzt aber wirklich in der Rue de la Gack!" Echtes Mitleid und Bedauern schwang in Bobbys Stimme mit.

„Und da hab ich mir gedacht, wenn ich jetzt eh Zeit genug hab, da könnten wir ja unser Projekt weiterentwickeln, weißt eh, die Österreich Quizsendung, die wir fürs nächste Jahr bei deinem Sender rausbringen. Wir haben ja das Casting schon hinter uns, deine Firma hat ein gutes Budget aufgestellt, und du hast gemeint, dass ihr auch einen witzigen Drehbuchautor habt. Okay, Regie macht euer Sender, und jetzt ..."

Bobbys Hustenanfall unterbrach Alexanders Redefluss. „Ja, ich kann mich noch gut an eine deiner Fragen für das Quiz erinnern: Wo haben Frau und Herr Österreicher am liebsten Sex? Im Schlafzimmer, im Badezimmer oder in der Küche?" Der Hustenanfall zog sich in die Länge, bis Bobby erschöpft und keuchend im Kaffeehaussessel hing. Er rappelte sich ein wenig auf und blickte Alexander leidend an.

„Ja also, die Quizshow", begann er, gefolgt von einem weiteren Hustenanfall. „Also die Quizshow, ja klar, natürlich, pass auf, die Gschicht ist so ... die Sache ist nämlich die ... es is a bisserl kompliziert ... weißt eh, manches Mal muss man Umwege gehen ... und du sagst ja selber immer die schönsten Abenteuer beginnen mit: „Ich kenn da einen Umweg" ... es ist Folgendes ..."

Alexander blickte den Freund mit schreckgeweiteten Augen an. Ihm schwante nichts Gutes.

„Was soll ich dir sagen", fuhr Bobby fort. Ihm war anzusehen, dass er selbst sehr bedauerte, was er nun sagen musste. „Kurz nachdem du mich angerufen hast, hat mich der Finanzdirektor zu sich gerufen. Und hat mir gesagt, dass der gesamte Vorstand in seiner heutigen Sitzung beschlossen hat, die Quizshow zu machen, wie geplant." Alexanders Miene hellte sich auf. „Aber nicht mit dir."

„Was? Aber wir haben doch einen Vertrag abgeschlossen!"

„Ja." Bobby konnte Alexander nicht in die Augen sehen, schob seine Kaffeetasse in millimetergroßen Rucken vor sich hin und her. „Aber der wird aufgelöst, wegen wichtigen Gründen, hat er gesagt. Da gibt's anscheinend einen Paragrafen, der das möglich macht."

Den Paragrafen gibt's scheinbar überall, dachte Alexander.

„Und ich hab einen ordentlichen Rüffel bekommen", fuhr Bobby fort. „Ich soll ja nie wieder mit so einer windigen Figur wie dir daherkommen, und ich soll mir meine Freunde besser aussuchen. Noch so einen Missgriff, so hat der Finanzdirektor gesagt, werden sie mir nicht mehr verzeihen."

„Um Gottes Willen!", entfuhr es Alexander, er verbarg sein Gesicht in beiden Händen. „Was soll ich denn jetzt machen? Ich hab doch nicht die Pest oder Lepra, ich bin noch derselbe wie vorgestern! Die Gschicht ist einfach nicht wahr!"

Bobby zuckte hilflos mit den Schultern. „Es glaubt dir nur keiner."

„Wovon soll ich denn leben, wenn ich nirgends mehr beschäftigt werd?"

„Da machen sich die, die Arbeit vergeben können, keine Gedanken, das kann ich dir sagen. Die sind alle nur ganz etepetete auf ihre eigene weiße Weste bedacht. Und in diesen #me-too-Zeiten passen sie auf wie die Haftelmacher. Nur keinen Skandal, weil dann geht ein Shitstorm los, den die Presse und die anderen Sender weidlich ausnutzen, und das geht dann an die Dividende, und sowas haben die gar nicht gern."

„Und jetzt?", fragte Alexander mit einer Spur Verzagtheit in seiner Stimme.

„Ich tät gern, aber ich kann dir gar nicht helfen. Versuchs bei deutschen oder auch holländischen Produktionen, die für deutschsprachige Sender produzieren, du kennst da von RTL Showmaster früher doch noch einige wichtige Leute. In Deutschland sehen die das vielleicht nicht so eng. Ich glaub hier wird's so schnell nichts mehr mit einem Engagement. Ober, zahlen!"

Alexander saß noch lange, nachdem der Freund gegangen war, an dem Kaffeehaustisch und sinnierte vor sich hin. Er konnte Anna und den Kindern nicht sagen, dass er bei seiner Arbeitsstelle hochkantig hinausgeschmissen worden war. Und dass zudem auch das Projekt bei TotalTV gestorben war.

Und dass der Vater, der die Familie bisher auf gutem sozialem Niveau versorgt hatte, kein Geld mehr verdiente.

In seiner Erinnerung tauchte ein Gespräch mit Hans Deckendorfer, seinem Steuerberater, auf, der einmal erzählt hatte, dass sich auch selbständig Erwerbstätige arbeitslos melden konnten und dann berechtigt zum Bezug von Arbeitslosengeld wären.

Nun ja, dachte er, einen Versuch wär's ja wert, und kosten tut so ein Gespräch beim AMS auch nichts.

VI

Wie täglich saß Alexanders Familie beim Frühstückstisch. Die Kinder diskutierten wie gewöhnlich, Alexander hörte gar nicht richtig hin. Offenbar auch Anna nicht, die merkwürdig ruhig war, ihn nicht anblickte und sehr nachdenklich schien.

„Aber das braucht doch eh niemand!", platzte Isabella heraus.

„Was braucht niemand?", erkundigte sich Anna.

„Na, das Gästezimmer!"

„Was soll mit dem Gästezimmer sein?", fragte Anna nach.

„Na, wir denken die ganze Zeit über die Raumaufteilung nach, muss ja alles ganz neu eingeteilt werden, oder meinst du nicht?"

„Was soll neu aufgeteilt werden?"

„Na ja, fast alles!", meinte Viktor. „Und da haben wir festgestellt, dass das Gästezimmer eigentlich von niemandem gebraucht wird. Gäste waren eigentlich noch nie da, die dort geschlafen hätten, und Oma war nur zweimal drin, bevor sie ins Pflegeheim in die Leopoldstadt gezogen ist. Das Zimmer ist ohne Funktion."

„So, meinst du", gab Anna kühl zurück.

„Na klaro!" Isabella beugte sich enthusiastisch vor. „Da machen wir ein Projekt in der Schule, aber das ist alles nur

Theorie! Wir setzen das in der Praxis um! Da haben wir in der Schule bei der Direx einen Mördervorteil!"

„Was für ein Projekt?", fragte Alexander.

„Na, liegt doch auf der Hand!", begeisterte sich Isabella. „Wir machen eine Familienzusammenführung!"

„Was wollt ihr machen?"

„Eine Familienzusammenführung! Jetzt, wo es das kleine Geschwisterl gibt und ihre Mutter, da müssen doch alle zusammenkommen!"

„Geht's bei dir noch?", fragte die fassungslose Anna.

„Na, jetzt aber really!", warf sich Viktor mit souveränem Ton in die Diskussion. „Ihr beide, du und Papa, seid ein Paar, ihr habt Kinder bekommen, nämlich uns – gut, die Isabella hätt nicht sein müssen", worauf Isabella mit dem Löffel auf ihren Bruder einschlug. „Au! Na gut, bist schon okay! Und jetzt hat Papa mit einer anderen Frau auch ein Kind. Da müssen wir doch die Familie zusammenführen!"

„Seid ihr zwei jetzt komplett übergeschnappt?"

„Aber doch nicht im Geringsten! Ist doch alles ganz logisch. Nachdem Papa der Vater von der kleinen Alexandra ist, ist sie doch unsere Schwester, oder nicht?"

„Ja, schon", meinte Anna gedehnt, „aber was ..."

„Und das ist doch das Normalste von der Welt, dass Brüder und Schwestern zusammen in einer Familie leben!", triumphierte Viktor.

„Ist doch eine völlige Schnapsidee!", replizierte Anna. „Ich werd mich ganz bestimmt nicht um den Balg einer anderen kümmern! Das wär ja noch schöner! Wie komm ich dazu!"

„Na, ganz genau, Mama", stimmte Isabella zu. „Um Alexandra muss sich natürlich die richtige Mutter kümmern. Das kannst du ja nicht, weil du hast ja jetzt kein Kind bekommen, daher kannst du es auch nicht stillen!"

„Welch weise Einsicht!", gab Anna spitz zurück.

„Ja, also das ist sonnenklar. Und daraus ergibt sich ganz logisch: Die Kinder müssen vereint sein, sie sollen ja in einer Familie aufwachsen. Also muss Alexandra zu uns kommen. Und da Mama ihre Pflege nicht übernehmen kann, muss natürlich auch Alexandras Mutter zu uns kommen!"

„Das ist ja wohl nicht euer Ernst!"

„Aber sicher doch!", replizierte Viktor in satter Gewissheit der unwiderlegbaren logischen Abfolge der Notwendigkeiten.

„Ich lass doch nicht irgendein Flittchen meines untreuen Mannes in meinem Haus wohnen!", rief Anna.

„Na, zur Hälfte ist's meins", warf Alexander ein.

Anna fuhr herum und funkelte ihn an. „Kusch!"

„Und daher haben wir festgelegt, wer in welches Zimmer einzieht", begründete Isabella. „Die junge Mutter kommt ins Gästezimmer, Alexandra in mein Zimmer, ich übersiedel ins Tischtenniskammerl, da bin ich dann Gott sei Dank weit weg von Viktor, und somit ist alles klaro!"

„Alles klaro!", echote die staunende Anna. „Meint ihr das ernst?"

„Sowieso", gab Isabella patzig von sich. „Bei den Moslems leben auch mehrere Frauen zusammen, die Kinder von ein und demselben Mann haben – ist doch heute völlig normal!"

„Aber wir sind keine Moslems!", schrie Anna. „Euer Vater vielleicht, aber ich ganz sicher nicht! Er kann ja Vielweiberei betreiben, wenn ihm das seine Gespielinnen durchgehen lassen, aber hier zieht mir keine fremde Frau ein!"

„Aber ganz sicher doch", meinte Viktor, „weil eine Familie gehört zusammen. Nur weil das bei uns Nichtmoslems gesellschaftlich noch nicht so akzeptiert ist – du siehst doch grad bei uns, dass es eine reine Notwendigkeit ist. Und hier am Esstisch ist noch genug Platz für zwei Personen. Geht sich alles aus. Auch für einen Kindersitz!" Die Kinder glitten von ihren Sesseln, packten ihre Rucksäcke und zogen ihre Schuhe an.

„Und ich werd überhaupt nicht gefragt?"

Viktor zuckte die Schultern. „Nein, wozu auch? Wir haben eh schon alles eingeteilt. Tschü-üss!" Die Tür fiel hinter den Kindern ins Schloss.

„Ich fass es nicht", murmelte Anna und schüttelte den Kopf. „Die Flausen werd ich ihnen auch noch austreiben." Dann wandte sie sich an Alexander. „Nur damit es dir klar ist: ich war gestern bei Dr. Kakas, der hat die Sache geprüft und gemeint, dass die Zerrüttung unserer Ehe ganz allein durch deine Schuld erfolgte. Somit ist die Schuldfrage ohnehin geklärt, und du wirst bis aufs Existenzminimum gepfändet."

„Aber das kann's doch nicht sein", redete Alexander auf seine Frau ein, „jetzt sind wir fünfzehn Jahre verheiratet, und waren immer glücklich – ein Vorzeigepaar! Und jetzt so ein Ende, das haben wir uns beide nicht verdient! Überleg dir das doch noch einmal, wir können die Geschichte doch ausdiskutieren ..."

„Um wie die Moslems in Vielweiberei von deinen Gnaden zu leben? Nein, mein Lieber! Und eine ach so moderne Patchwork-Familie kommt bei mir nicht in Frage! Mein Mann gehört mir und sonst keiner! Und wenn er Abwechslung will, dann soll er die haben, aber ohne mich! Häng dir eine Gießkanne um und streu dein Sperma aus, wo du willst, aber lass mich in Ruh!"

„Aber ich hab doch gar nicht ..."

„Damit kommst du wirklich nicht durch, das müsstest du doch wissen! Wie gesagt, ich werde die Scheidung einreichen, mein Rechtsanwalt macht alles was dazu notwendig ist. Bei einer so klaren Sachlage, hat er gesagt, braucht er nicht lange."

„Das ist doch der reine Irrsinn! Ich hab nichts, aber auch gar nichts gemacht, was dich verletzen könnte."

Anna lachte laut auf.

„Das ist alles nur ein gigantisches Missverständnis wegen einem Vollkoffer von Polizisten! Bitte glaub mir, es ist nichts passiert – ich hab die Frau doch das erste Mal gesehen, wie sie sich am Set zu mir ins Taxi gesetzt hat!"

„Wennst meinst. Ich streit nicht mehr mit dir, dazu ist mir meine Zeit zu schade. Der Rechtsanwalt bringt die Scheidung ein, da fährt die Eisenbahn drüber. Und du holst dir gefälligst dein Gewand und alles Glumpert, das dir gehört, aus den Kästen bei uns im Schlafzimmer oder sonst wo. Hier hat das nichts mehr verloren.

Und der Rechtsanwalt hat gesagt, dass es nicht opportun ist, dass ich dich so einfach auf die Straße setze. Ich soll dir zwei Wochen Zeit geben, da kannst diese zwei Wochen noch im Gästezimmer schlafen.

Ich rat dir gut, such dir eine Wohnung, von mir aus wohn, wie ich dir schon sagte, unter der Friedensbrücke oder sonst wo, aber hier sicher nicht mehr, kapiert? Weil heut in zwei Wochen bist du draußen aus diesem Haus, und wenn ich dich von der Polizei abführen lassen muss!"

VII

Ferdinand Wagenhuber war immer exquisit gekleidet, das war er schließlich seiner Position, aber ganz besonders sich selber schuldig. Immerhin stellte er ja eine wichtige Person in der Bank dar. Großschadensreferent war er, der einzige Experte für notleidende Kredite im Haus und direkt dem Vorstand berichtspflichtig. Als er sein Spiegelbild im gläsernen Portal der Bank sah, war er wieder einmal sehr zufrieden mit seiner Erscheinung. Ein perfekt sitzender Anzug aus leichtem, sündteurem Stoff in sehr hellem Blau, der ihn beinahe wie eine zweite Haut umgab. Den Ausdruck „Slimfit" vermied er, seit der erste alte kurze und der junge kurze danach und nun wieder Bundeskanzler beide denselben Schneider wie er hatten und auch solch enganliegende Anzüge trugen. Das weiße Maßhemd hatte noch nie mit einer Krawatte Bekanntschaft gemacht. Ferdinand trug Halstücher, die schmeichelten seinem Hals und waren wesentlich eleganter als die üblichen Kälberstricke, welche die Kollegen trugen. Die auf Hochglanz polierten Schuhwerke, die er von einem Maßschuhmacher aus Milano bezog – dessen Anschrift er streng geheim hielt – blitzten sogar im Spiegelbild auf. Britischer Regenschirm und ein farblich zum Anzug passender Flanellhut ergänzten sein Outfit. Uneingeweihte mussten ihn für ein Mitglied der Hochfinanz halten. Leute, die ihn etwas näher kannten, nannten ihn schlicht eitel. Und Leute, die ihn wirklich näher kannten, hatten oft wenig schmeichelhafte Worte für ihn.

Ferdinand betrat die Eingangshalle der Bank nicht. Nein, er erschien. Viele Köpfe drehten sich nach ihm um. Stolz fuhr er schnell über seinen kleinen Schnurrbart à la Tom „Magnum" Selleck kontrollierte die Symmetrie seiner silbern angehauchten Schläfen, das macht einen Mann interessant, hörte er einmal. Seit damals benutzte er immer diese kleine Spraydose mit der künstlichen Haarfarbe. Das Geheimnis hatte ihm einmal ein Friseur verraten, und seit damals begleitete ihn die Spraydose. Nun strebte er seinem Büro entgegen. Dort drapierte er seinen Hut vorsichtig auf dem Kleiderständer, setzte sich auf seinen Bürostuhl und holte einen Taschenspiegel aus einer Schreibtischlade, überprüfte nochmals sein Styling, dann erst drückte er auf den Knopf seiner Sprechanlage. Erst ab diesem Zeitpunkt war es seiner Assistentin Marion gestattet, sein Büro zu betreten.

Sie kam, wie immer durch den Summton gerufen, mit dem Tablett, stellte es auf den genau bestimmten Platz auf der spiegelblanken Schreibtischplatte ab und legte eine Aktenmappe vor ihn hin.

„Was soll das?", fragte er empört. „Wo bleibt die Zeitung?"

„Verzeihung, Herr Großschadenreferent", so hatte Marion ihn anzusprechen, „aber ich habe Anweisung vom Herrn Vorstandsdirektor Dr. Raffer Ihnen sofort, wenn Sie im Haus sind, diesen Akt vorzulegen."

„Und warum?"

„Bitte nochmals um Verzeihung, Herr Großschadenreferent", antwortete Marion mit einem Anflug von Schadenfreude, „aber ich fühle mich nicht berechtigt, den Herrn

Vorstandsdirektor, um seine Beweggründe zu befragen. Er meinte nur, sie sollten sich unverzüglich diesen Fall zur Brust nehmen, und zwar dalli, dalli, mit dem Delinquenten unverzüglich Kontakt aufnehmen, und zwar dalli, dalli, und anschließend unverzüglich persönlich bei ihm antanzen und Bericht erstatten, und zwar dalli, dalli!"

„Was?" Ferdinand fielen beinahe die Augen aus dem Kopf. „Das hat Herr Dr. Raffer tatsächlich gesagt?"

„Wortwörtlich, Herr Großschadenreferent!" Nun war Marions anfangs kaum sichtbares Lächeln einem breiten Grinsen gewichen. „Und Sie sollen Ihre Zeitung zuhause lesen und nicht in der Arbeitszeit!"

Ferdinand wollte seine Assistentin schon gehörig zusammenstauchen, doch da schrillte sein Telefon. Er hob ab und meldete sich. „Großscha..." Weiter kam er nicht. Der Herr Vorstandsdirektor Dr. Raffer war höchstselbst am anderen Ende der Leitung.

„Wagenhuber, was Ihnen Ihre Sekretärin gegeben hat, ist eine hochsensible Sache. Der Kreditnehmer ist ein Promi, da müssen wir ganz entschieden vorgehen. Der Kerl hat demnächst nicht einmal einen luckerten Cent. Und wir dürfen uns nicht vorwerfen lassen, dass wir solche Promis mit Seidenhandschuhen angreifen, kapiert?"

„Ja ... Jawohl, Herr Vorstandsdirektor!", beeilte sich Ferdinand zuzustimmen.

„Also", fuhr der Vorgesetzte fort, „damit wir uns recht verstehen: in diesem Fall keine Glacéhandschuhe, sondern die 12-Unzen-Boxhandschuhe! Unverzüglich!"

„Ich habe verstanden, Herr Vorstandsdirektor!"

„Na also: dann dalli, dalli!"

Marion, die das ganze Gespräch mitbekommen hatte, grinste noch unverschämter. Sie genoss es, dass mit Ferdinand, diesem prahlerischen Gecken, endlich einmal Schlitten gefahren wurde. Ferdinand warf ihr einen bösen Blick zu.

„Danke, lassen Sie mich jetzt allein, bis ich sie rufe!", knurrte er seine Mitarbeiterin an, die fröhlich aus dem Zimmer hüpfte. Ferdinand vertiefte sich in den Akt, in dem auch Zeitungsausschnitte der letzten Tage eingeheftet waren, dann rief er den elektronischen Akt des Kunden über seinen Computer ab.

„Na, ist ja ideal", murmelte er vor sich hin, „das Haus in dieser Gegend ist eine knappe halbe Million wert, der aushaftende Kredit 150.000 – die kann der Bursche niemals zurückzahlen. Hälfteeignerin sowohl des Hauses als auch des Kredits ist die zukünftige Exgattin, die kann auch nichts zahlen. Oder wenn doch, dann muss sie bei ihren Verwandten schnorren gehen, weil Kredit gibt ihr in dieser Situation keine Bank. Vorgangsweise ist ganz klar: Kredit fällig stellen, das Haus versteigern, das bringt einen satten sechsstelligen Profit für die Bank. Ja, solche Aufgaben machten Ferdinand Spaß. Das ist das Salz in der Suppe des Lebens! Aufgekratzt wählte er Alexanders Nummer und bekam ihn tatsächlich an den Apparat.

„Begrüße Sie, Herr Alexander!", flötete Ferdinand in den Hörer. „Ferdinand Wagenhuber von der Idealbank. Ich habe mir gedacht, ich rufe Sie mal an, um zu fragen, wie es Ihnen geht!"

„Na, gut geht's mir nicht", antwortete Alexander.

„Tja, das geht durch den gesamten Blätterwald, nicht wahr?"

„Sie wissen es auch schon?", fragte Alexander mutlos.

„Na ja, dass lässt sich ja nicht verbergen, nicht wahr?", meinte Ferdinand jovial. „Es gibt eben Zeiten, die sind gar nicht so optimal, aber das kennt ja jeder von uns. Soviel ich gelesen habe, sind Sie Ihren Job los – und die aktuelle ORF-Show wird ein anderer Glücksbringer fortführen?"

„Ja, das stimmt leider." Alexander hustete kurz. „Aber das kriegen wir schon wieder in die richtigen Bahnen, ein Ersatzprojekt bei einem anderen Sender ist in Planung," erzählte Alexander. Ferdinand hatte ein besonderes Gespür dafür entwickelt, ob jemand log oder die Wahrheit erzählte. Und seiner Meinung nach log Alexander. Der hatte gar nichts in Aussicht. „Und mit meinem Agenten bin ich in Kontakt, da werden wir gemeinsam die Angebote sichten. Die Bank braucht sich um ihr Geld keine Sorgen machen."

„Nein, in der Tat", meinte Ferdinand, „um Geld macht sich in der EU seit Zypern keine Bank mehr Sorgen. Aber die momentane Situation, auf die müssen wir schauen, die ist für Sie nicht so optimal, will mir scheinen."

„Na ja", meinte Alexander trocken, „wird schon werden!"

„Da bin ich überzeugt", feixte Ferdinand. „Aber im Moment haben wir die Situation, dass Sie selbst keine Einnahmen haben, Ihre verehrte Frau Gemahlin auch nicht, und diese will sich, wie man so liest, von Ihnen scheiden lassen. Das ergibt für uns die Überzeugung, dass Ihr Kredit von Ihnen nicht mehr bedient wird, oder sehe ich das falsch?" Plötzlich poppte eine Nachricht auf Ferdinands Bildschirm auf. Er las sie mit Interesse.

„Aber nein", sagte Alexander. „Wir haben ja noch etwa 30.000 auf unserem Konto, von diesen werden die nächsten Kreditraten bezahlt!"

„Tut mir leid, aber da habe ich wenig Zutrauen zu dieser Aussage", meinte Ferdinand und fuhr mit dem Finger die Zeilen auf dem Bildschirm entlang.

„Wie kommen Sie dazu?" Alexander wollte sich aufplustern und es dem affektierten Kerl endlich geben, er wollte nicht nur in der Verteidigungsstellung verharren.

„Tja", meinte Ferdinand gedehnt, „weil ich soeben die Nachricht lese, dass Ihr Konto soeben gesperrt wurde."

„Was?", schrie Alexander in den Hörer. „Dann machen Sie es aber sofort wieder auf!"

„Das kann ich leider nicht", antwortete Ferdinand mit größtem Bemühen, sein Vergnügen an der Situation zu verbergen. „Also ich kann Ihnen versichern, dass die Kontosperre nicht auf Aktivitäten unserer Bank zurückzuführen ist!"

„Auf wen dann?" schrie Alexander unbeherrscht ins Telefon.

„Nun ja", dehnte Ferdinand die Antwort hinaus. „Kennen Sie eine Firma namens ‚Ottakringer Werbeschmiede'?"

„Ja, natürlich", antwortete Alexander.

„Tja, diese Firma hat eine Schadensersatzklage gegen Sie eingereicht, weil ein geplanter Werbespot nicht gedreht werden konnte, da Sie sich vertragswidrig von den Filmaufnahmen entfernt haben. Anscheinend hat der Auftraggeber dieser Firma den Auftrag zurückgezogen und nun sitzt das Unternehmen auf einer Menge Kosten, für die Sie verantwortlich gemacht werden."

„Aber ich bin doch gar nicht schuld daran!"

„Das müssen Sie dem Gericht erklären, denn das hat mittels Einstweiliger Verfügung Ihr Konto sperren lassen."

„Ich werd wahnsinnig!", stöhnte Alexander ins Telefon.

„No, das wär aus der Situation aber kein Ausweg", meinte Ferdinand nonchalant. „Höchstens für Sie, aber weder für Ihre demnächst Exgattin noch für Ihre drei Kinder ..."

„Ich hab nur zwei!" brüllte Alexander.

„Da sind Sie ziemlich im Irrtum, Herr Alexander", gab Ferdinand spitz zurück. „Aber das geht uns ja nichts an. Wir sind daran interessiert, dass wir diese schwierige Geschichte möglichst rasch bereinigen, haben Sie verstanden?"

„Ja natürlich", stöhnte Alexander.

„Wunderbar. So gefällt mir das." Ferdinand konnte nicht umhin, sich an der Verzweiflung seines Gesprächspartners zu weiden. Und dieses Vergnügen sollte er noch wesentlich mehr genießen. Es war für ihn als echten Bankmenschen eine Freude, aus verzweifelten Situationen der Kunden genüsslichen Lustgewinn zu erzielen, aber auch aus solchen Zuständen für die Bank fette Gewinne zu lukrieren. Das Leben ist ein Heidenspaß, dachte er, die einen verlieren, die anderen gewinnen. Und das ist immer die Bank. Und wenn die mal Fehler macht, dann wird sie vom Staat – sprich dem sauer verdienten Vermögen der Staatsbürger – aufgefangen und nichts ist passiert. Nur ein paar weitere Pleiten rundum, was Ferdinand nicht im mindesten interessierte. „Dann ist es mir eine große Freude, Sie morgen um 10:30 Uhr bei mir zu empfangen. Da werden wir Ihre Finanzen rund um Ihr Haus wieder auf gerade Beine stellen."

„Das geht?", fragte Alexander mit einer Spur Hoffnung.

„Natürlich!", meinte Ferdinand geschwollen und dachte: Aber nicht so, wie du dir das denkst. „Also", wiederholte er, diesmal mit scharfer Stimme. „Morgen 10:30 Uhr bei mir! Und keine Ausflüchte, denn dann kann ich noch ganz anders!"

„Ja", meinte Alexander gottergeben, „ich komme!"

„Aber pünktlich!", schnauzte Ferdinand und legte dann mit einem höchst befriedigten Gesichtsausdruck auf. Das wird ein Spaß! Vergnügt machte er sich zum Vorstandsdirektor auf. So ist das Leben, dachte er – des einen Freud, des anderen Leid!

Das deprimierende Gespräch mit dem Bankbeamten hatte bei Alexander den Eindruck hinterlassen, dass der Kerl das auch noch genossen hatte. Aber im Prinzip stimmte es ja, er musste seine finanzielle Situation aufbessern. Daher besuchte er Harry, seinen Agenten. Der Mann war unheimlich gut vernetzt in der Branche, hatte zu und von jedem Kontakt. Von Harry bekam er sicher einen Job vermittelt.

Harry war ein kleiner, dicker Mann mit schütterem Haar, das er noch dazu in einer Frisur trug, bei der man meinen könnte, ihm sei ein Topf aufgesetzt und alles was darunter hervorstand abgeschnippelt worden. Er residierte in einem viel zu kleinen Büro, das mit Stapeln von Drehbüchern übersät war.

„Servus, Alex! Setz dich hin, wo Platz ist!"

„Harry, ich brauch dringend einen Job! Irgendwas!"

Harry blickte ihn mitleidig an, nickte und blies einen Rauchring in den Raum. „Klar, versteh ich. Momentan bist du ziemlich down, hab ich recht?"

„Das kannst du laut sagen, der Hollerer vom ORF hat mich zwangsbeurlaubt, genauso wie die Schneider von „ShopTeVau für die Frau", also eigentlich rausgeschmissen und TotalTV, wo ich die neue Show hätte machen wollen, hat auch abgesagt, und sonst hab ich nichts!"

„Tja, der Bobby vom TotalTV hat mich angerufen und gesagt, dass sie mit dir wirklich nichts mehr zu tun haben wollen."

„Harry, ich muss doch von was leben! Die „Ottakringer Werbeschmiede" hat mich sogar geklagt, und mein Konto sperren lassen!"

„Pfau!"

„Ich kann meinen Kindern nicht einmal mehr ein Eis kaufen! Ich brauch einen Job!"

„Ich versteh dich, Alex", meinte Harry und legte einen Fuß auf seinen Schreibtisch. „Aber ich hab nichts für dich. Alle, für die du in Frage gekommen wärst, haben zurückgezogen – überhaupt die Werbefritzen. Die „Ottakringer" haben scheinbar dafür gesorgt, dass dich im Moment keiner haben will."

„Aber geh! Irgendwas muss doch da sein! Ich hab dir jahrelang fette Provisionen eingetragen, ohne dass du dafür viel machen hättest müssen. Jetzt brauch ich deine Hilfe!"

„Also komm mir nicht so!" Harry stopfte den Rest seiner Zigarette in einen übergequollenen Aschenbecher, der mit der vielen Asche ringsum wie ein Modell des Vesuvs aussah. Harry zündete sich sofort eine neue Zigarette an, fuchtelte damit herum. „Wer hat denn die Verträge gemacht, die dir jahrelang ein sorgenfreies Leben ermöglicht haben? Ha? Na ich! Also hab ich mir meine Provisionen schon verdient, schreib dir das hinter die Ohren!"

Harry legte die angezündete Zigarette auf einen Stapel Drehbücher, achtete dabei darauf, dass die Glut im freien Raum blieb. Er griff nach einem anderen Stapel und schwang ihn durch die Luft, dabei fiel die Zigarette, von Harry nicht beachtet, zu Boden. Dort würde sie einen Brandfleck auf dem Parkett hinterlassen.

„Da hab ich Dutzende von Drehbüchern, ich kann dich zu jedem einzelnen zum Casting schicken. Keine Frage." Harry zündete sich eine neue Zigarette an. Möglicherweise nehmen sie dich auch beim Casting, aber ich versprech dir, dass sie dich nicht engagieren werden. Du bist ein Showmaster, ein Moderator, und was ich da alles hab, hat nur wenig damit zu tun. Leute deines Schlages lauern bei den Sendern direkt auf eine Möglichkeit. Um deinen Job beim ORF prügeln sich jetzt zwei Dutzend Leute, und die Programmchefs überlegen, was sie aus den Anwärtern alles herausholen und um welchen Bettel sie sie anstellen können. Wenn du ein echter Schauspieler wärst, mit ein bisserl Erfahrung im Theater oder Film, dann vielleicht – aber so?"

„Harry, ich bin verzweifelt – ich muss ja von etwas leben, und derzeit sind mir alle Möglichkeiten abgedreht. Es muss doch irgendetwas geben, kleine Engagements oder so – ich will ja gar nicht der Star sein ..."

„Alex", raunte Harry, „hast nicht zugehört? Mit dir will keiner nach dem Eklat beim Werbefilm. Du bist ein unsicherer Kandidat geworden. Und was ist das für eine Geschichte – bei Tageslicht mit der eigenen Geliebten im geraubten Taxi zur Geburtsstation zu fahren? Was hast denn da eingeworfen gehabt? Wenn schon Geliebte und Kind, dann schaut man doch, dass das alles unter der Tuchent bleibt und möglichst nicht aufkommt. Du kannst dir doch eine Scheidung nicht leisten, deine Frau ruiniert dich dabei!"

„Alles gut und schön – ändert aber nichts! Ich bin a) pleite und werd's b) bleiben, wenn du mir nicht hilfst! Ich hab grad noch achtzehn Euro dreißig einstecken – das ist alles im Moment, an das ich rankomme. Ich brauch einen Job!"

„Aber da bist du selber dran schuld!", pfauchte Harry. „Wie kann man nur so blöd sein und sich auf so eine Art erwischen lassen! Bringst dich um deine Existenz wegen ein bisserl kuscheln. Nicht zu glauben! Noch einmal: Ich hab nichts für dich! Für dich wär's am besten, du wanderst aus, irgendwohin, wo dich keiner kennt!" Zwischen den Drehbuchbergen stieg eine schmale Rauchfahne in die Höhe. Alexander schien sie wie das Rauchzeichen eines in auswegloser Wildnis verirrten Indianers. Harry zündete neuerlich eine Zigarette an. Alexander saß mutlos wie ein Häufchen Elend vor Harry. Der richtete sich auf, öffnete eine Lade des Schreibtisches.

„Pass auf", meinte Harry, „ich mach das ausnahmsweise, weil wir zwei ja nie Probleme hatten, und du mir leidtust. Da hast einen Scheck über 2.000 Euro. Das muss eine Zeitlang reichen. Ich werd die milde Gabe nicht noch einmal machen. Und komm erst wieder zu mir, wenn alles wieder im richtigen Gleis ist. Ruf mich nicht an. Schreib mir keine Mails, keine SMS, twitter mich nicht an oder sonst was. Lass mich in Ruh! Geh mir nicht auf die Nerven, verstanden? Ich werde mich bei dir melden, wenn ich was für dich hab!"

VIII

„Sechs Tage noch, Kinder", meinte Anna spitz und mit einem triumphierenden Lächeln im Gesicht, „dann ist euer Vater nicht mehr bei unserem gemeinsamen Frühstück dabei!"

Die Kinder kauerten schweigend am Tisch, warfen verunsicherte Blicke zwischen Mutter und Vater hin und her. Das übliche fröhliche Lärmen der Kinder war zur Gänze verschwunden.

„Mama", meinte Isabella mit drängendem Tonfall, „wir wollen aber unseren Papa haben!"

„Er wird ein Besuchsrecht für euch beide bekommen, das ist aber schon alles. Einverstanden bin ich damit nicht, weil er euch gegen mich beeinflussen wird, obwohl ja ich die Betrogene bin, aber das ist halt gesetzlich so festgelegt, da kann ich leider nichts machen!"

„Oh ja", grummelte Viktor, „lass die blöde Idee mit der Scheidung, das ist doch alles Unfug! Der Papa tut sowas nicht wieder und du verzeihst ihm und dann ist alles wieder in Ordnung!"

„Mir scheint", fauchte Anna, „du siehst dir die falschen Filme an. Das Leben ist leider nicht so wie im Fernsehen oder in deinen Netflix Serien. Euer Vater ist ein Ehebrecher und dafür muss er büßen!"

„Aber wir haben gar nichts gemacht – und warum sollen auch wir jetzt büßen?"

„Mitgefangen, mitgehangen. Manches Mal ist das Leben eben kein Wunschkonzert. Aber vielleicht ist es für euch ein lehrreiches Stück, dass man seine Triebe nicht ungehemmt ausleben darf. Disziplin, zumindest ein wenig, ist gefragt. Was glaubt ihr, wie das Leben wäre, wenn jeder ständig seinen Trieben freien Lauf ließe? Wie es dann zuginge? Ihr zum Beispiel, wenn ihr einen Lehrer nicht wollt, was würdet ihr dann machen?

„Ah ja", meinte Viktor mit plötzlich verklärtem Blick. „An sowas hab ich überhaupt noch nicht gedacht. Ich könnte ja den Mathe-Maier ..."

„Nein, eben nicht!", ereiferte sich Anna, als die Türglocke ertönte. Am Gartentor stand der Briefträger.

Alexander stand auf. „Ich geh schon."

„Einschreiben", meinte der Briefträger leutselig. „Sind Sie der Alexander ..."

„Witzbold!", knurrte Alexander den Briefträger an und unterschrieb die Empfangsbestätigung.

„Schönen Tag noch!", rief der Postbote, schwang sich auf sein Moped und fuhr davon.

„Was ist das wieder?", fragte sich Alexander. „Jugendamt?" Mit gefurchter Stirn riss er den Umschlag auf und begann den Brief zu lesen, während er langsam zurück zum Haus ging. Anna und die Kinder sahen nur, wie er immer wieder nur den Kopf schüttelte und ab und zu zum Himmel blickte.

„Was ist das, Papa?", begehrte Isabella zu wissen. Alexander ließ sich auf seinen Sessel am Esstisch fallen.

„Ich fass es nicht", meinte er.

„Na?", fragte Anna mit spitzem Ton.

„Ist ja egal, ihr werdet es ohnehin erfahren. Also kann's ja gleich gehen! Das ist ein Brief vom Jugendamt."

„Die Kinder bleiben bei mir!", fuhr Anna auf. „Das hat mir der Rechtsanwalt garantiert, wie ich die Scheidung eingereicht habe!"

„Was will das Jugendamt?", fragte Viktor. Alexander nahm wieder das Blatt und begann vorzulesen.

„Sehr geehrter Herr Alexander,

am 14. dieses Monats ist Ihre Tochter Alexandra in der Wiener Semmelweisklinik zur Welt gekommen. Die anlässlich der Geburt aufgenommenen Daten der Kindesmutter haben sich als falsch erwiesen, sodass die Identität der Kindesmutter nicht festgestellt werden kann, zumal sie auf eigenes Betreiben in einem unbeobachteten Moment das Krankenhaus unter Zurücklassung des Neugeborenen verlassen hat.

Die Identität des Kindesvaters ist allerdings mit Ihrer Person einwandfrei und amtlich festgestellt. Sie werden hiermit aufgefordert, das Neugeborene binnen acht Tagen nach Zugang dieses Schreibens vom Krankenhaus abzuholen und dem unterfertigten Amt zu melden, wo und wie die Unterbringung und Versorgung des Neugeborenen erfolgen wird, damit hieramts die Möglichkeit zur Überprüfung und Kontrolle der Unterbringung wahrgenommen werden kann.

Bei Nichtentsprechen dieser Anordnung kann eine Verwaltungsstrafe nach Paragraf sowieso und Strafanzeige nach Paragraf ehschowissen erfolgen, was eine Haftstrafe nicht unter zwei Jahren nach sich zieht."

Anna fing an zu kichern, dann zu lachen bis ihr die Tränen kamen. Sie hielt sich die Seite. „Hör auf, das tut ja weh, ich hab schon Seitenstechen vor lauter Lachen. Alexander, der heldenhafte Alleinerzieher! Wie bitte gibst dem Kind die Brust?"

„Ich fass es nicht!", stammelte Alexander.

Anna ließ den Kopf auf den Tisch sinken, es schüttelte sie immer noch vor Lachen.

„Na ja", meinte Isabella, „da kommt ja eh alles so, wie wir's eingeteilt haben!"

Anna fuhr hoch. „Niemals! Das lasse ich nicht zu! Es ist nicht mein Kind, dieser Balg, und in mein Haus kommt es auf keinen Fall! Euer Vater hat sich die Suppe eingebrockt, jetzt soll er zusehen, wie er sie auslöffelt!"

„Ist doch kein Problem", meinte Viktor altklug, „Muttermilch kann man doch in der Apotheke bestellen!"

„Genau!", pflichtete Isabella bei. „Und wickeln werd ich schon lernen!"

„Ja, das wär super, wenn ihr mir helft!", meinte Alexander.

„Na, da zieh dir aber keinen Schiefer ein, mein Lieber", warf Anna giftig ein. „Hier in diesem Haus hat das Kind keinen Platz, es ist deines, und du musst in sechs Tagen hier raus – wohin ist mir schnurzegal! Von mir aus verkauf es nach Amerika oder sonst wo hin, hierher kommt es nicht!"

„Ja, aber wo soll ich denn mit dem Kind hin?"

„Das hätte sich der feine Herr vorher überlegen müssen, bevor er einer solchen Braut ein Kind anhängt! Wie kann man nur so blöd sein wie du und sich selber alles ruinieren! Das Kondom ist doch schon erfunden!"

„Aber das soll manches Mal nicht helfen", meinte Viktor.

„Ah, der Herr Pubertät weiß alles, was?", keifte Anna.

„Aber man kann das Kind doch nicht unversorgt lassen", sagte Isabella. „Daher ist es das Beste, und ein Gebot der reinen Menschlichkeit, das Kind zu uns zu nehmen und im Kreis der Familie großzuziehen!"

„Dich hat wohl der Greta-Virus schwer gebissen", meinte Anna. „Kommt gar nicht in Frage!"

„Hast du gar kein Gewissen?", fragte Alexander.

„DU hast kein Gewissen!", schrie Anna. „Was kann ich dafür, wenn du fremdgehst?"

„Die Psychologen sagen, dass das davon kommt, wenn man lieblos behandelt wird!", sagte Viktor patzig.

„Schule! Sofort!", geiferte Anna. „Ab in die Schule! Solches Gerede hab ich gerade noch gebraucht! Macht, dass ihr fortkommt!" Die Kinder packten eilig zusammen und machten sich auf den Schulweg. „Der Herr Alexander spielt den täglichen Pfau und will bewundert werden, und er ist ja so beliebt und toll, und ich soll das Heimchen am Herd spielen, während der feine Herr alle Annehmlichkeiten der Erde an sich herantragen lässt – gleich mit Rudeln von willfährigen Groupies! Ja, diese Machoallüren haben eben ihren Preis, mein Lieber!"

„Jetzt hör aber auf", versuchte Alexander die tobende Anna zu besänftigen. „Ich hab dich nie vernachlässigt, und ich hab nie irgendeinen Skandal geliefert wie die Kollegen alle schon, bin immer der brave Ehemann gewesen und treu zu dir gestanden ..."

„Ha! Für wie blöd hältst du mich?"

„Aber ich hab dir doch schon ein Dutzend Mal erklärt, dass ich nicht der Vater bin, sondern dass das alles eine unglückliche Verkettung saudummer Umstände ist. Ich kann doch nichts dafür!"

„Blödsinn!", fuhr Anna ihn an. „Deine Vaterschaft ist amtlich erwiesen, den Skandal hast du geliefert – und jetzt schau, wie du damit zurechtkommst. Mich geht das wirklich nichts mehr an! Bumst eine Unbekannte und lässt sich von der ein Kind anhängen! Wenn's nicht so eine bittere Wahrheit wär, könnt man glatt einen Sketch draus machen!"

„Aber ..."

„Sechs Tage noch, du Lump! Und keine Sekunde mehr!"

„Und was mach ich jetzt mit dem Kind?"

„Mich fragst du das? Ist ja nicht meines! Da wirst du halt die Schwierigkeiten des Lebens meistern müssen, Herr Showmaster! The Show must go on – aber wie, da bin ich schon neugierig drauf, wie du das machst. Und ohne mich haut's dich sowieso auf die Pappen!" Anna rauschte aus dem Zimmer. „Und mach dich nützlich!", rief sie aus der Tür. „Zusammenräumen, Waschmaschine anwerfen, Staubsaugen etc. Musst ja lernen, Hausfrau und Mutter zu sein!"

IX

Einige Tage später saß die Familie wieder am Frühstückstisch. Die Kinder schlecht aufgelegt, Anna frohlockend und Alexander mürrisch auf seiner knusprigen Kaisersemmel kauend.

„Du grinst blöd, aber ich geh doch nicht aus meinem eigenen Haus fort!", stellte Alexander fest. „Das gehört mir genauso wie dir, und daher bleib ich da, egal, was du sagst."

„Da wird der Herr Richter aber was dagegen haben!", antwortete Anna leutselig.

„Das ist doch krass uncool", murrte Isabella. „Wir wollen unseren Papa hier haben und nicht irgendwo. Hier gehört er her und nirgendwo anders!"

„Du wirst dich damit abfinden müssen", säuselte Anna. „Dein feiner Herr Papa soll zu seinen Verehrerinnen ziehen, dann wissen sie vielleicht bald, was sie an einem treulosen Hallodri haben. Wünsch ihnen viel Glück dabei. Und aushalten dürfen sie ihn auch noch, weil er ja nichts hat! Gar nichts hat er!"

Die Klingel vom Gartentor ertönt, Viktor schaut hinaus. „Na sowas!"

„Wer ist's?", erkundigte sich Anna fröhlich.

„Wie man's nimmt", entgegnete Viktor kryptisch.

„Hah?"

„Na ja, die Bullen, die Heh, die Kieberer, Polente – auf jeden Fall zwei Polizisten!"

„Nein", fuhr Isabella dazwischen. „Das musst du richtig gendern, das ist heutzutage wichtig, hat unsere Direx gesagt, weil's ja heutzutage mehrere Geschlechter gibt als nur Mann und Frau!"

„Sowas anderes möchte ich mal sehen", gab Viktor zurück. „Aber ich glaub, das gibt's gar nicht. Wie soll denn sowas aussehen? Solang mir niemand sowas anderes zeigt, ist das für mich reine Theorie. Auf der Tastatur vom Computer hab ich danebengehauen, und weil das „s" gleich neben dem „d" ist, hab ich statt „Damenhosen" eben „Damenhoden" geschrieben."

„Das ist doch hype!", krähte Isabella in das energische neuerliche Läuten hinein. „Die kannst dem Conchita verkaufen, der hätt sowas sicher für sein Leben gern!"

„Na, so lassen wir doch die hohe Polizei herein!", meinte Anna und drückte auf den Türöffner. Die Polizisten waren genau jene, mit denen Alexander schon beim Krankenhaus zu tun gehabt hatte.

Alexander schlug sich auf die Stirn. „Das darf doch nicht wahr sein! Schon wieder die zwei Typen!"

„Siehst, das ist ja, was ich sag!", belehrte Isabella den großen Bruder. „Der eine ist eine mutmaßliche Polizistin, wohingegen die andere ein mutmaßlicher Mann ist. Also musst du sagen: „zwei PolizistInnen!" – mit einem Binnen-I, verstehst?"

„Das ist von der Aussprache her ein Quargel!", gab Viktor zurück. „Daher musst du das richtig aussprechen, nämlich ‚Polizist Sternderl innen', so ist's richtig!"

„Bitte, kommen Sie nur herein", sagte Anna und lud die Polizisten mit einer Handbewegung ein, ins Haus zu kommen. Isabella hüpfte von ihrem Sessel und baute sich vor der Polizistin auf.

„Geben Sie sich als Frau, Mann oder was anderes zu erkennen! Bennen Sie Ihr Geschlecht!"

„Was is?", fragte die verblüffte Polizistin.

„Na, wegen dem Gendern", sagte Isabella ungeduldig. „In der Schule lernen wir, dass wir genau gendern müssen. Unsere Lehrerin sagt, dass es derzeit mindestens 42 anerkannte verschiedene Geschlechter gibt. Daher frage ich Sie: Welches Geschlecht meinen Sie angeben zu müssen, wenn Sie sich für eines entscheiden sollen?"

„Ich bin eine Frau", antwortete die Polizistin entgeistert.

„Also ich wär mir da nicht so sicher!", kicherte der angeblich männliche Polizist.

„Sind Sie sich da sicher?"

„Na, hör mal, klar bin ich mir sicher!"

„Wollen S' einen Telefonjoker oder eine Publikumsbefragung?"

Der männliche Polizist begann schallend zu lachen. Die Polizistin fuhr zu ihm herum. „Was lachst du so deppert, mochst jetzt an auf Assinger oder Jauch du obergscheiter Trottl?"

„Was für ein Geschlecht, meinen Sie, hat diese zu Ihnen kollegiale Person?", fragte Viktor den lachenden Polizisten.

„Ich weiß net so recht, ich hab noch net nachgschaut, aber ich glaub, sie ist so eine Art Drachen."

„Herbert", begann die Polizistin zu keifen, „I man i tram ... Kumm auße aufn Beton, dann bring ich dir bei ..."

„Siehst es", prustete der Polizist, „fangt schon an zum Feuerspucken!"

„Und welches Geschlecht vermeinen Sie zu besitzen?", setzte Viktor das Fragenverhör nun beim männlichen Polizisten fort. „Wobei ich Sie warnen muss – eine unkorrekte Antwort ergibt mindestens einen Dreier und eine Strafarbeit im Umfang von mindestens drei A4-Seiten!"

Dem Polizisten verging schlagartig das Lachen, dafür begann nun seine Kollegin damit. Sie schlug sich auf die Schenkel. „Na, jetzt deklarier dich! Bist ein Manderl oder ein Weibel?"

„Na ja ..."

„Das sind nicht die einzigen Alternativen, die Ihnen als erwachsenes Subjekt zur Auswahl stehen!", dozierte Viktor mit erhobenem Zeigefinger. „Jedoch müssen Sie bei der Wahrheit bleiben und damit einer allfälligen Kontrolle standhalten!"

„Der is", meinte die Polizistin unter frenetischem Gelächter und zeigte auf ihren Kollegen, „vom Geschlecht a Seicherl und vom Sternzeichen a Wappler! Ich werd nimmer!"

„Na dir Oberzicken werd ich den Wappler noch geben!", giftete der Polizist seine Kollegin an. „Ich bin natürlich durch und durch ein Mann!"

„Das hat bis jetzt noch niemand gwusst!", kicherte die Polizistin.

„Ihnen stünde ein 50:50-Joker zur Verfügung", meinte Isabella mitfühlend.

„Aber Sie müssen als amtliches Organ bei der Wahrheit bleiben!", meinte Viktor mit weiterhin erhobenem Zeigefinger.

„Na, das schau ich mir an!", meinte die Polizistin und wischte sich die Tränen aus dem Gesicht.

„Passen S' auf wegen der Schminke!", warnte Anna die Polizistin.

„Kein Problem", meinte diese. „Amtsschminke, amtlicher Lippenstift und amtliche Wimperntusch müssen in Österreich schmierfest, kussecht und tränensicher sein. Hat intern schon zu viele blöde Gschichten wegen so Lippenstiftspuren gegeben, das wollen wir nimmer!"

„Tschuldigung", sagte Adele die nervende Hellseherin vom ÖBB-Set, während sie sich zur Tür hereindrängte. „Das Gartentörchen war offen und das Polizeiauto vor dem Haus – da hab ich mir gedacht, da ist jemand in einer Situation, wo er über seine Zukunft Bescheid wissen möchte, und dafür bin ich die Expertin ..." Sie fasste nach Annas Hand. „Ich bin nämlich a bekannte Handleserin." Ohne zu zögern zog sie Annas Hand zu sich heran und musterte deren Handfläche. „Aus Ihnere Linien auf der Handfläche les ich Ihnen Ihnere Zukunft – Jössas!", entfuhr es ihr. „Das ist ein schöner

Pallawatsch mit Ihnere Liebeslinien, da geht's drunter und drüber ..."

„Das verbitt ich mir!", rief Anna. „Wer sind sie überhaupt?" und zog ihre Hand zurück. „Der da hat an Pallawatsch in sein Liebesleben und net ich!" Mit vor Wut bebender Stimme zeigte sie auf Alexander.

„Aber naa!", wiegelte Adele ab, „Das ist der Herr Alexander, den seine Liebeslinien kenn ich, die san rein und klar wie bei einem Butzerl ..."

„Ja, Butzerl", fuhr Anna dazwischen, „sowas hat er grad am Hals!"

„Siehst es", regte sich Alexander auf, „ich sag's dir ja allerweil, dass bei mir alles klar ist! Die Frau muss es wissen, die ist schließlich eine echte Expertin! Der bleibt nichts verborgen!"

Adele die All-in-One-Hellseherin nickte heftig, sodass ihr Turban in bedrohliche Schwingungen geriet. „Jaja, das stimmt! Alles les ich aus Ihnen heraus! Und Kartenaufschlagen kann ich auch, das mach ich mit dem berühmten Ottakinger Bilder-Tarot ..."

„A Sechzehnerblech mit an Bugl und ana Hülsen", prustete der Polizist heraus. „Lassts mich von die Karten abheben, mit an Kremser Senf und an Ölpfefferoni ..."

„Banause!", fuhr ihn die Hellseherin an. „Das sind die hochberühmten unfehlbaren Symbolbilder, die was die weltberühmte Seherin Božena Navratil aus Ottakring vom unbezwingbaren Dämon des Gallitzinberges in einer schauerlichen Nacht ..."

„Jetzt ist's aber genug!", ergriff die Polizistin das Wort und begann die Hellseherin aus dem Haus zu schieben. „Stören Sie hier nicht die Amtshandlung. Was machen Sie überhaupt hier im Haus herinnan?"

„Und Kaffeesudlesen kann ich auch!"

„Ja, super, das machen S' auf dem Polizeirevier, dort hamma kiloweis alten Kaffeesud, weil ihn keiner raustragt!"

„Das ist eine gute Idee!", hörte man die Hellseherin noch von draußen. „Da geh ich hin! Denen sag ich allen ihre Zukunft voraus!"

„Das wär eigentlich interessant", meinte die Polizistin. „Aber leider", sie wendete sich wieder der Familie zu. „Mir sind da mitten in einer Amtshandlung, aber aus irgendeinem Grund komm ma nicht dazu. Ich versteh es nicht. Aber jetzt! Schließlich sind wir amtliche Organe auf wichtiger Mission!"

„Apropos amtliches Organ und Mission", meinte der Polizist nun in anderem Tonfall. „Mir san nämlich amtlich hier, wie meine hochverehrte Kollegin schon festgestellt hat." Er zog aus einer Tasche der Uniform ein Papier, entfaltete es und übergab es Alexander. „Mit diesem Schrieb weist das Bezirksgericht die Polizei an, das sind wir, verstehn Sie, die Polizei, mir san des ... einen gewissen Herrn Alexander – wer von den hierorts Anwesenden ist das?"

Alle zeigten auf Alexander.

„Ja, also das ist erledigt, aber wir kennen den Herrn sowieso von der jüngsten Amtshandlung bei der Semmelweisklinik her, also wissen wir eh, wer er ist, aber wir müssen uns gemäß Anweisung des Bezirksgerichtes amtlich von seiner Inden ... Indi ..."

„Identität", sagte die Polizistin ein.

„Ja, genau, also Identität ..." Der Polizist warf einen fragenden Blick auf seine Kollegin, die nickte.

„Identität ... jetzt hab ich's", fuhr der Polizist glücklich fort, „vergewissern. Und weil's grad so lustig war: tun Sie sich gendermäßig infizieren."

„Identifizieren!", mahnte die Kollegin ein.

„Na, sag ich doch. Welches Geschlecht haben Sie?"

„Haderlump", fuhr Anna dazwischen.

„Hörts doch mit dem Blödsinn auf", meinte Alexander gequält. „Ich bin männlich, einwandfrei ..."

„Na, das ist doch ein Glück, mein Lieber!", frohlockte jetzt plötzlich Oskar, der bei der noch immer offenen Tür hereingekommen war, mit freudig-süßlicher Stimme, und ging mit ausgebreiteten Armen auf den Polizisten zu, bereit, ihn zu umarmen.

„Und wer, bitte schön, sind Sie jetzt wida, do geht's jo zua wia im Taubnschlog?"

„Das ist doch der Oskar vom Filmset, ein alternder Schauspieler!", stöhnte Alexander.

„Ganz recht, mein Lieber!", näselte Oskar und umfasste den Polizisten, drückte ihm auf jede Wange einen Kuss. Mit allen ihm zur Verfügung stehenden Kräften verhinderte der Polizist, dass ihn Oskar auf den Mund küsste.

„Oskar, was machst du da?"

„Ich such die Adele, wir haben ja heute einen gemeinsamen Auftritt ganz in der Nähe! Aber hach – die Gute hat's vergessen, und jetzt bin ich hinter ihr her …"

„Sie sind nicht hinter dem Herbert her?", fragte die Polizistin und zeigte auf ihren Kollegen, der sich heftig die Backen abwischte.

„Aber mitnichten, werte Politesse", säuselte Oskar, „obwohl …" Er warf einen lockenden Blick, von einem Hüftschwung begleitet, auf den Polizisten, „… da ließe sich schon was machen, gell?", und setzte eine gezierte Handbewegung nach.

„Papa", raunte Isabella, „der ist schwul, gell?"

„Nein", antwortete Alexander, „das ist ein Schauspieler, ein ganz normaler, aber er bekommt nur Rollen von Schwulen, weil er das so gut spielen kann."

„Ja, also Ihnere Adele ist schon weg", sagte die Polizistin zu Oskar, der sich nun wieder dem Polizisten zuwandte, der sich seinerseits hinter seiner Kollegin versteckte.

„Aber wohin, so frage ich, ist sie denn entschwunden, die Gute?"

„Sie wollt zum Polizeirevier, ausn Kaffeesud denen Polizisten ihre Zukunft lesen."

„Hach, ist sie nicht betörend, die Gute? Da muss ich doch geschwind hinterher!"

„Aber hurtig!", knurrte der Polizist.

In der Türe stieß Oskar beinahe mit dem Inder zusammen,

der ebenfalls in den Raum drängte. „Servus, mein Guter. Ich muss enteilen!"

„Da geht's heut nicht nur zu wie in einem Taubenschlag, das ist einer", kommentierte Viktor begeistert.

„Papa", fragte Isabella, „kommen noch ein paar?"

„Ich hab keine Ahnung, frag doch den Inder!", ächzte Alexander und mimte etwas unbeholfen eine einst bekannte Figur aus dem Werbefernsehen eines Mobilfunkanbieters.

„Und wer sind Sie und was wollen Sie?"

„Ich bin der Andrapradeshkumaranpurasodbrenni Golkobar, meines Zeichens Fakir aus Indien", er zeigte auf den Korb, „und ich suche für den unorthodoxen Asylanten da drin artgerechte Verpflegung."

Draußen fuhr langsam ein Feuerwehrauto mit eingeschaltetem Blaulicht vorbei.

„Die fahren mir schon die ganze Zeit nach", räsonierte der Inder.

„Sie haben da wirklich eine Schlange in dem Korb?", begehrte Viktor zu wissen. Der Inder nickte.

„Hat die auch einen Namen?", fragte Isabella.

„Ja, natürlich, sie heißt Sozwawimyrzwa." Wieder fuhr die Feuerwehr vorbei, diesmal aus der anderen Richtung. „Jössas, die haben vielleicht einen Ratzen für meinen Liebling!" Er rannte aus dem Haus, der verschwundenen Feuerwehr hinterher. „So wartets!"

„Das ist heut eine Amtshandlung!", staunte die Polizistin.

„Sowas hamma noch nie gehabt!"

„Das Protokoll schreibst du", meinte ihr Kollege. „Wann der Amtsarzt dann wen einweist, will das net ich sein."

„Jo, wurscht – ohne Rücksicht auf Verluste", gab die Polizistin zurück. „Da müss ma jetzt durch. Schei...miau." Sie schüttelte sich. „Probier ma weitermachen?"

„Von mir aus", pflichtete der Polizist bei und schloss die Tür.

„Es könnt nur noch ein Stabhochspringer kommen oder ein Waggon voller Cheerleader ..."

Alle starrten Alexander an, der entschuldigend die Schultern hob. „Ihr habt's ja alle keine Ahnung!"

„Also das möchte ich amtlicherseits jetzt einmal feststellen", ergriff der Polizist das Wort, „dass wir schon von Amts wegen eine Ahnung haben müssen, wenn nicht gar zwei oder noch mehr! Aber wenden wir uns nun wieder der derzeit stattfindenden Amtshandlung zu."

Die Polizistin stellte sich kampfbereit vor die Tür, entschlossen, niemanden nicht einzulassen.

„Wir haben vorhin sozusagen quasi diese Person hier als Herrn Alexander indenfiziert ..."

„Identifiziert!", warf die Polizistin ein.

„Is doch wurscht! Jedenfalls der Herr da, diese Erscheinung männlichen Geschlechts ist es, oder?"

„Stimmt!", rief Anna. „Er hängt unbekannten, mit ihm nicht verheirateten Frauen Kinder an – also muss er männlich sein! Aber auf jeden Fall ist er ein Gfrastsackl!"

„Gendermäßig oder per Eigenschaft?", kicherte die Polizistin.

„Ja, also ..." Der Polizist ergriff wieder das Wort, „wie gesagt, haben wir den Auftrag vom Bezirksgericht erhalten, den hier anwesenden Herrn Alexander gemäß Paragraf Dingsbums aus diesem Haus wegzuweisen."

„Hah?", machte Isabella.

„Das heißt", erklärte Anna genüsslich, „dass euer lieber Vater nun aus dem Haus gewiesen wird. Er darf nicht mehr hier sein. Und die liebe Polizei hat die Aufgabe zu überwachen, dass er auch wirklich auszieht."

„Aber wieso? Das ist doch unser Papa!"

„Der ist selber schuld an seiner Misere", meinte Anna unversöhnlich.

„Zusätzlich haben wir die Aufgabe, Ihnen eine Zweitausfertigung dieses gerichtlichen Beschlusses zu übergeben", er zog aus einer weiteren Tasche der Uniform ein Kuvert und reichte es Alexander, „sowie Ihnen darauf hinzuweisen, dass Sie sich ab sofort sowohl von Frau Anna als auch von den Kindern aus gemeinsamer Ehe – seids das ihr?"

Isabella und Viktor nicken.

„Ja also, den Kindern aus gemeinsamer Ehe in jedem Fall mindestens 100 Meter entfernt zu halten haben. Bei einer unvorhergesehenen zufälligen Begegnung mit den genannten Personen haben Sie die festgelegte Distanz sofort und unverzüglich zwischen sich und die genannten Personen wahrzunehmen. Dieser Anweisung zuwiderhandeln ist ein strafrechtliches Vergehen und wird mit sofortiger Anzeige auf freiem Fuß bestraft."

„Das heißt, dass der Papa wirklich ausziehen muss?"

„Ja", bestätigte Anna patzig. „Und er darf euch auch nicht mehr von der Schule abholen oder euch sonst wie begegnen. Winken könnts ihm, aber mehr schon nicht!"

„So, Herr Promi", meinte die Polizistin und hakte ihre Daumen im Gürtel ein. „Packen Sie halt alles zsamm, was Sie so mitnehmen wollen. Wir werden Ihnen dabei überwachen, weil sonst gibt's noch Vorwürfe, dass Sie was mitgehen haben lassen, was Ihnen gar nichts angeht."

„Ja, aber – wo soll ich denn hin? Ich weiß doch gar nicht, wo ich wohnen kann!"

„Das ist uns amtlicherseits komplett wurscht, gehen S' halt zu Ihnare Eltern!", meinte die Polizistin. „Die würden mich sicher sofort aufnehmen, aber sie leben beide leider nicht mehr"! seufzte Alexander und stellte sich erneut in sich hineinmurmelnd die Frage: „Wo soll ich denn bloß hin?", aber so, dass alle es dennoch hören konnten.

„Zwischen neunten und zwanzigsten verstehst, Alsergrund oder Brigittenau, also unter der Friedensbrücke!", warf Anna hart ein.

„Hm, ja also ... fangen Sie an zu packen, wir haben nicht den ganzen Tag Zeit!", mahnte der Polizist diesmal mit etwas sanfterer Stimme. „Vorerst einmal das Notwendigste!"

„Das sind: Unterhosen, Socken, Zahnpasta, Zahnbürschtel und Seife. A Handtuch bekommen S' im Häfen ..." Die Polizistin hielt inne. „Blödsinn, der kommt ja net in Häfen!"

„Naa", meinte der Polizist. „Aber stimmen tut's trotzdem."

Seufzend nahm Alexander eine große Sporttasche und begann verschiedene Dinge einzupacken.

„A schau", meinte die Polizistin, „gstreifte Boxershorts, die sind fesch! Und so viele bunte Farben! Neckisch! Und eine so teure Marken! Schau, da am Bund stehts: Designed bei Hugo Boss!"

„Bringt auch nichts, wenn die Hose Boss heißt, der Träger aber trotzdem nur für'n Hugo is!", stellte Anna spöttisch fest.

„Kostet aber trotzdem ein Vermögen, jede von die Unterhosen", sinnierte der Polizist. „Aber Boxershorts sind schon gut, da hat man unten herum mehr Freiheit. Let it swing ... das schwingt dann ohne Einschränkung ... aber unsereiner kann sich so einen Luxus ja nicht leisten!"

„Also ehrlich", meinte die Polizistin belustigt, „wenn ein Mann bei mir so eine grün-gelb-rot-gstreifte anhätte, da könnt ich nur noch lachen – da gingert nichts mehr ..." „So, der Herr", wandte sich der Polizist an Alexander. „Was hamma denn bis jetzt?"

„Unterhosen, Socken, ein paar Leiberln, eine Jacke, zwei Jeans ..."

„Und jetzt noch a paar Toiletteartikel, dann sind wir's!"

Immer wieder seufzend packte Alexander auch diese Dinge in die Reisetasche.

„So", meinte die Polizistin befriedigt, „das hätten wir. Mitkommen! Und keine langen Sentimentalitäten, verstanden!"

Die Kinder brachen in Tränen aus, umarmten ihren Vater. „Das ist unfair!", meinte Viktor.

„Papa", weinte Isabella, „du darfst nicht fortgehen!"

„Ich muss, Kinder!" Auch Alexander kamen die Tränen. „Aber ich komme wieder! Ich krieg ein Besuchsrecht vom Gericht zugesprochen, und dann können wir uns wiedersehen!"

„Lasst ihn gehen", sagte Anna. „An diesem Vater habt ihr nicht viel verloren. Der nächste wird ein gscheiterer, schönerer und viel reicherer!"

Der Abschied von den Kindern fiel Alexander schwer, und sie wollten sich auch nicht von ihrem Vater trennen.

„Herbert, einen Achter!", befahl die Polizistin. Schon war der Polizist mit einer Handschelle zur Stelle.

„Nein, das ist nicht notwendig", stöhnte Alexander aus tiefstem Herzen. „Ich geh ja schon."

„Wird auch Zeit", schnappte Anna hinterher.

Von Kummer und Gram gebeugt ging Alexander vor den Polizisten her, verließ das Grundstück, während die Kinder seinen Abgang weinend vom Fenster aus verfolgten.

Im nahen Park ließ sich Alexander auf einer Parkbank nieder. Er musste nachdenken, denn seine Situation war alles andere als einfach. Er hatte es überhaupt nicht für möglich gehalten, was alles binnen so kurzer Zeit auf ihn hereingeprasselt war.

Ein beliebter Showmaster war er noch vor zwei Wochen gewesen. Mit vielen Möglichkeiten seinen Wirkungskreis zu erweitern, über Werbespots, mit einer neuen zusätzlichen

Show bei einem anderen Sender, insgeheim hatte er auf den Sprung ins Filmgeschehen gehofft, und nach einigen erfolgreichen Jahren hätte er sich tatsächlich zur Prominenz in diesem Lande zählen dürfen.

Aber jetzt? Seine beruflichen Aussichten waren ins Bodenlose gefallen, er hatte keinen Job, alle Projekte waren gestorben und nicht einmal sein Agent wollte noch etwas von ihm wissen.

Die Familie war zerrüttet, aber daran war er ebenso wenig schuld wie am Zusammenbruch seines Berufslebens. Anna hatte die Scheidung eingereicht, die aufgrund der Aktenlage ganz sicher durchgehen würde. Dann war er ihr gegenüber zur Zahlung von Unterhalt verpflichtet. Und für die Kinder musste er Alimente zahlen – aber wovon?

Die Kinder durfte er auch nicht mehr sehen – im Gegenteil, er musste vor ihnen davonlaufen, wenn sie ihm in die Nähe kamen. Dabei hatten sie alle miteinander viel Spaß und viel Freude gehabt, überhaupt im Urlaub, in den Ferien, wenn die ganze Familie beisammen war. Er war ein Familienmensch, so viel stand fest. Irgendwelche Seitensprünge hatte es nie gegeben, seit er verheiratet war. Wozu auch. Anna war eine perfekte Frau, eine Supermutter für die Kinder, hatte den Haushalt immer tipptopp in Ordnung gehalten und nie gemurrt, wenn sie seine Hemden bügeln musste. Anna war eine Frau, zu der sich ein Mann nur gratulieren konnte – und die war nun bald seine Ex.

Die beiden Polizisten kamen näher, die Polizistin wieder mit den Daumen in den Gürtel gehakt.

„Also mir ist's ja wurscht", meinte sie, „aber ich geb Ihnen den guten Rat, nicht auf die Idee zu kommen und hier auf der Parkbank ihre Wohnung einzurichten. Weil wenn Sie das tun täterten, dann müssterten wir Ihnen anzeigen, verhaften und aus dem Park weisen. Und das wird Ihnen überall unter freiem Himmel passieren, also schaun Sie dazu, dass Sie irgendwo unterkommen!"

Alexander nickte, die Frau hatte ja recht. Aber das war leicht dahingesagt, dass er wo unterkommen sollte. Wo denn? Er griff in die Hosentasche. Da war noch etwas von dem Geld, das ihm sein Agent gegeben hatte. Das meiste davon hatte er Anna gegeben, die brauchte es schließlich auch – obwohl er sich um die finanzielle Seite bei Anna keine Sorgen mehr machte. Schließlich hatte Annas Tante Ottilie, die ihn noch nie hatte leiden können, freudig zugesagt, Anna zu unterstützen. Und das war doppelt bitter für ihn. Tante Ottilie besaß acht Zinshäuser in Wien und war sehr vermögend. In irgendeinem ihrer Häuser wäre sicherlich eine Wohnung, auch nur eine kleine, für ihn frei gewesen. Aber gerade ihm gab Tante Ottilie garantiert nichts.

Da saß er nun. Arbeitslos, obdachlos, hoffnungslos.

Und das war ja noch nicht alles. Er sollte auch noch die Verantwortung für ein Kind übernehmen, das gar nicht seines war.

Aber zumindest das, so dachte er grimmig, hat sich erledigt. Einem obdachlosen Arbeitslosen wird diese Republik kein Neugeborenes überantworten, da gab es doch das Jugendamt, das würde dem Kind zumindest eine Pflegefamilie sichern und es zur Adoption freigeben – nein, das nicht, denn da müsste er zustimmen. Und er konnte doch gar nicht, weil es ja gar nicht sein Kind war. Aber das war ein Problem, mit dem er sich jetzt wirklich nicht beschäftigen musste. Wenigstens eines, das nicht sehr dringend war.

Wenn Tante Ottilie nicht ein so sturer Drachen wäre – Moment! Vor Alexander tat sich ein Hoffnungsschimmer auf. Er hatte zwar keine Tante, aber einen Onkel – den Onkel Wolfgang! Der wohnte im zehnten Bezirk, hatte aber ein super ausgebautes Schrebergartenhäuschen draußen am Exelberg nahe der Wiener Stadtgrenze im nördlichen Wienerwald. Alexander rief den Onkel an.

„Lieber Onkel Wolfgang, ich brauch deine Hilfe!"

„Ja, sicher", meinte der Onkel ermutigend. „Wo brennt's denn?"

Alexander schilderte seine Situation und dass er dringend ein Dach über dem Kopf benötigte, und da hätte er gemeint, ob der liebe Onkel ihn nicht für eine gewisse Zeit im Schrebergartenhäuschen wohnen lassen könnte?

„Aber sicher, Bub", antwortete der Onkel, „und bis du etwas findest, können wir beide, Tante Gisi und ich, dir auch ein kleines Taschengeld geben, nichts Großartiges, du verstehst, aber damit du wenigstens für normale Sachen einkaufen gehen kannst."

„Na, das ist zwar sehr lieb von dir", antwortete Alexander, „aber ich will euch ja nicht zur Last fallen. Ich werd schon etwas finden, wo ich Geld verdienen kann."

Noch einiges Hin und Her, dann beendete Alexander das Gespräch. Na also, ein Hoffnungsschimmer war sichtbar.

Wie sagte seine Großmutter Margarete Augusta immer? „Ist das Leben noch so schwer, kommt von irgendwo ein Lichtlein her! Das hält dich fest und trägt dich weit, so bleibt es bei dir all die Zeit!" Da hatte sie recht, die gute Seele. Es sah jetzt schon nicht mehr so schlimm aus als noch vorhin, als ihn die Polizisten aus seinem eigenen Haus abführten.

Um sein angebliches Kind brauchte er sich im Moment nicht zu kümmern. Eine Bleibe hatte er auch schon, er musste nur zu Onkel Wolfgang fahren und sich die Schlüssel holen. Und eine Arbeit würde er auch finden. Da war er sich plötzlich sicher. Was hatte er nicht alles in seiner Jugend gemacht – Paketbote hatte er gespielt, Pizzas ausgeliefert, Diskjockey gemacht, Taxi gefahren und noch vieles mehr. Irgendwie geht das schon, dachte er und mit mutigem Handeln am Anfang hatte er immer schon vieles erreicht und am Ende wartete dann oftmals das Glück! Und zum Arbeitsmarktservice muss ich auch noch, vielleicht akzeptieren die mich als Arbeitslosen. Zwar galt er als Selbständiger, aber die sind vom Arbeitsamt auch erfasst, hatte er einmal gehört. Na also, vielleicht kam von dort ein wenig Geld, versuchen musste man es auf jeden Fall. Nein, den Mut würde er nicht sinken lassen – er nicht. Er redete sich selbst in eine von Trotz getragene Euphorie, dass er alle Widerstände überwinden und es der Welt schon noch beibringen werde, mit wem sie sich da auf eine Auseinandersetzung eingelassen hatte.

Okay, dachte er, gib nicht so an vor dir selber. Bleib mit beiden Beinen auf dem Boden, dann wird das alles – irgendwie geht's ja immer weiter.

Alexander stand auf, packte seine Reisetasche und wollte zur Straßenbahn, um zum AMS zu fahren. Er verließ den Park und strebte der Haltestelle zu. Die Ampel auf der Kreuzung sprang auf Rot, die Autos hielten an. Das zweite, das bei der roten Ampel hielt, war ein Taxi 1710. Groß prangte darauf ein Aufkleber mit der Schrift: „Taxilenker gesucht".

Alexander begann zu grinsen. Na also. Die wichtigsten Probleme waren damit gelöst – zum AMS würde er jetzt nicht mehr fahren.

X

Einige Monate später – Bobby schlang seinen widerspenstigen Schal um den Hals, schob ihn halb über das Gesicht, um es vor dem starken Wind zu schützen, der das vorwinterliche Wien durchzog. Er trat von einem Bein auf das andere, während er auf das bestellte Taxi wartete. Endlich kam das Fahrzeug, er schlüpfte auf die Rückbank und schloss die Autotür. Wenigstens der pfeifende Wind war ausgesperrt, und im Taxi war es angenehm warm.

„Servus, Bobby", begrüßte ihn der Taxilenker. „Wohin soll's denn gehen?"

Bobby war verwirrt. Woher sollte ihn der Taxler kennen? Er verlagerte seine Position, um den Taxifahrer in dessen Rückspiegel betrachten zu können. Da erkannte er ihn.

„Alexander! Servus! Was machst denn du da?"

„Na, ich bin dein Taxilenker. Wo willst denn hin?"

„Du? Taxifahrer bei 1710?" Bobby blickte scharf um sich, musterte den Innenraum des Taxis aufmerksam. „Das ist doch nur ein so ein Schmäh von dir! Du hast eine neue Show! Wo ist denn da die Kamera?"

„Aber nein", grinste Alexander. „Da gibt's keine versteckte Kamera oder sowas. Ich bin wirklich nur Taxifahrer!"

„Das ist ja nicht zu glauben! Wieso?"

„Na, du bist gut, Bobby! Von irgendwas muss ich ja leben!

Und meinen Taxlerschein hab ich damals nach der Matura gemacht, hab schon damals was verdienen wollen!"

„Na sowas! Aber reich wirst dabei nicht!"

„Da hast leider recht, aber bevor ich auf den Essensbus, der Obdachlosen in Wien eine heiße Suppe und Brot bringt, warte, schau ich lieber, dass ich was verdien durch richtige Arbeit."

„Äh, ja, aber wieso Essensbus?"

„Anna hat nach dem Eklat die Scheidung eingereicht und mich durch die Polizei aus dem Haus schmeißen lassen. Wohnen tu ich seitdem im Schrebergarten vom Onkel Wolfgang. Momentan kämpf ich noch um ein Besuchsrecht für die Kinder, aber bei Gericht zieht sich sowas."

„Ja, die Richter lassen sich bei allem Zeit. Ich hab gehört, dass deine Show nicht mehr so gute Zuschauerzahlen hat, seit sie von deinem Ersatzmann gemacht wird."

„Ja, der sticht sie noch ab, wenn er so weiter macht. Aber vielleicht wollen das die Oberen vom ORF auch so."

„Aber geh", meinte Bobby. „Das ist ein Blödsinn. Eine so gute Show, quasi einen Dauerbrenner, den ruiniert man sich nicht selber. Die sollten halt dich wieder einsetzen."

„Schon, aber ich glaub, da ist der Zug abgefahren, das wird nichts mehr mit denen und mir. Aber wie wär's, jetzt sind ein paar Monat ins Land gegangen seit damals, könnten wir unserem Quizshow-Projekt nicht wieder ein bisserl Leben einhauchen?"

„Na ja", meinte Bobby gedehnt, „ich weiß nicht. Ich werd mit dem Gottsöberen einmal das Thema anventilieren, wie man so sagt. Aber erwart dir nicht allzu viel davon, du bist damals als persona non grata bezeichnet worden."

„Egal. Die Leut vergessen schnell. Versuchst du es wirklich?"

„Klar. Aber wie gesagt, erwarte dir nicht zu viel. Aber sag einmal, die Anna, die Kinder sind doch bei ihr, oder?"

„Ja. Und wie ich von Isabella gehört hab – die telefoniert viel mit mir, auch Viktor, aber Isabella mehr – sind sie alle nicht glücklich mit der Situation. Anna auch nicht, weil sich ihre Tante Ottilie jetzt überall breitmacht und Anna gehörig auf die Nerven geht. Weißt eh – sie hat's ja immer schon gewusst, dass der Alexander ein Hallodri ist, dass der keinen Vorteil hat und wie alle Männer immer nur auf das Eine gierig ist – Männer sind ja alle Schweine. Und jetzt ist sie bei uns eingezogen, um Anna den rechten Weg zu weisen."

„Na ja, bei uns hat sich einiges geändert, sag ich dir", warf Bobby ein. „Wir haben jetzt eine Personalchefin, also eigentlich ist sie recht fesch, da kann man nichts sagen, aber was Männer anbelangt, ist sie eine reißende Bestie. Bei uns hat jetzt der Begriff „Besetzungscouch" eine ganz neue Bedeutung."

„Ja, die Frauen wollten ja die Gleichberechtigung, und jetzt ist sie da. Was sich früher immer nur Männer herausgenommen haben, das machen heute ganz selbstverständlich auch die Frauen. Aber wie gesagt, Anna ist auch schon mit den Nerven herunter, weil Tante Ottilie jetzt im Gästezimmer wohnt und meint, weil Anna und die Kinder von ihr so abhängen, da kann Anna ruhig auch was für sie tun. Und sie lässt sich den ganzen Tag von hint und vorn bedienen. Anna wird demnächst die Nerven wegschmeißen."

„Und dann?"

„Dann wird Tante Ottilie der Anna beibringen, wo der Hammer hängt. Und Anna wird der Leibsklave der lieben Tante werden."

„Na, ist aber schon ein bisserl arm auch, oder?"

„Hat sie sich selbst zuzuschreiben. Ich hab zwar ein bisserl Mitleid mit ihr, aber sie hat's ja so wollen. Sie hat mir ja nie geglaubt, dass das Kind nicht von mir ist."

„Jetzt einmal ehrlich, Alexander", sagte Bobby in ernstem Ton. „Ist das Kind von dir?"

„Aber nein, natürlich nicht!", entgegnete Alexander. „Wie oft noch muss ich die Geschichte erzählen? Ich kann doch überhaupt nichts dafür – die Frau ist einfach von irgendwo aufgetaucht, hat sich ins Taxi am Set gesetzt, ich hab sie ins Spital gebracht und ein Vollpfosten von einem Polizisten hat sein Protokoll so geschrieben, dass alle Welt glaubt, dass ich der Vater bin."

„Also, du hast mit dem Kind nichts zu tun?"

„Nein, wenn ich's dir doch sag", erwiderte Alexander. „Aber das Jugendamt ist fest davon überzeugt und hat mir angedroht, die Unterhaltszahlungen bei mir einzutreiben, wenn ich wieder liquid bin."

„Und wo ist das Kind jetzt?"

„Bei irgendeiner Pflegefamilie", meinte Alexander und zuckte mit den Schultern. „Irgendwo in Meidling, meint das Jugendamt. Wenn's mich interessiert, wollen sie mir auch die genaue Anschrift sagen."

„Ja, aber wenn das Kind dich doch gar nichts angeht?"

„Das ist ja die Crux", stöhnte Alexander, „aber das will mir ja niemand glauben."

„Aber das kannst doch ganz einfach beweisen", meinte Bobby. „Das geht doch am einfachsten durch einen Vaterschaftstest. Nachdem das Jugendamt weiß, wo die Kleine ist, kannst einen Test auf jeden Fall machen. Wärst ja nicht der erste, der das macht."

„Na ja, da hast schon recht", meinte Alexander gedehnt. „Aber geht das wirklich?"

„Klar. Unser kaufmännischer Leiter hat auch so eine Geschichte am Hals gehabt. Der hat den Test machen lassen, und es wurde ihm bestätigt, dass er der Vater seines Kindes ist. Jetzt muss er halt dieses Kind auch erhalten und zahlt recht brav dafür."

„Und wenn dann durch irgendeinen total dämlichen Zufall herauskommt, dass ich doch der Vater bin, die sind ja auch niemals zu 100 % sicher, oder? Ich muss gestehen, der Gedanke ist mir natürlich schon öfters durch den Kopf gegangen aber ich hatte einfach keine Kraft mehr nach all den vielen Schlagseiten."

„Soll ich wirklich diesen Test machen?"

„Was ändert sich dabei für dich?", fragte Bobby zurück.

„Momentan bist der Vater und wennst es bleibst, dann ist alles noch immer so wie davor. Und wenn du nicht der Vater bist, wie du sagst, na dann kannst du ja alles aufrollen und richtigstellen lassen. Da kannst dann nur noch gewinnen so wie deine Kandidaten in der Show. Denk doch an den Sigi aus der Steiermark, wie oft hast du mir von ihm und seinem positiven Denken – dem Gewinnerdenken – erzählt? Wie oft war der bei dir in der Show ... siebzehnmal, oder?"

„Du meinst ..."

„Ja", ereiferte sich Bobby. „Gegen Anna kannst den Spieß umdrehen, weil es ja dann keinen Scheidungsgrund gibt!"

„Das wär hübsch", lächelte Alexander. „Und Tante Ottilie schmeißen wir hinaus." Einige Momente lang starrte Alexander aus dem Autofenster. „Na ja, schön wär's schon, aber ..."

„Aber was?"

„Da wären dann noch die anderen Probleme ..."

„Ach, hör auf damit. Mimimi!" Bobby redete sich in Rage. „Tu nicht herumspintisieren, was wäre wenn, sondern schau dazu, dass endlich Fakten auf den Tisch kommen! Ich sag meinen Leuten auch immer, dass sie nicht begründen sollen, warum was nicht geht, sondern begründen, warum etwas doch geht. Und wer hat mir immer erzählt, dass alle Paläste dieser Erde einmal Luftschlösser waren, wer, na wer ...?"

„Ja, ist schon gut Bobby, spricht eigentlich nichts gegen deinen Vorschlag." „Du musst es nur ernsthaft angehen, so wie früher bei deinen Extrem-Marathonläufen Alexander!"

„Ja klar. Vaterschaftstest. Ich mach's!"

Als sie am Ziel angekommen waren, betonte Bobby nochmals: „Mach das, Junge. Mach das!", und stieg aus.

XI

„Schaun S', Herr Alexander", meinte der Primarius Prof. Dr. Gernot Kranner sehr geistreich wirkend, „ich befass mich mit Ihrem Fall sehr gern, weil er ja ein sehr ungewöhnlicher ist, der Fall, nicht wahr, und außerdem hat mich der Wolfgang, mein lieber Unikollege, der was Ihr Onkel ist, darum ja auch gebeten. So richtig ans Herz hat er Sie mir gelegt, weil Sie ja sowas wie sein Lieblingsneffe sind, nicht wahr?"

Ja, so ungefähr halt stimmt's schon, dachte Alexander, der in der luxuriösen Ordination des Mediziners diesem gegenüber saß, ich bin sein Lieblingsneffe, weil ich ja sein einziger Neffe bin.

„Und jetzt haben wir eine ganz außergewöhnliche Erfahrung gemacht, nicht wahr!"

„Was für eine?", fragte Alexander schüchtern.

„No ja, nicht wahr, die Sache ist ein bisserl eigenartig", meinte der Primarius. „Aber keine Sorge, wir brauchen keine Medikation ..." Der Primarius hielt inne, weil Alexanders Augen groß geworden waren. „Ach so, nicht wahr, nein, in Ihrem Blutbefund ist nichts Besorgniserregendes, nicht wahr, nur ein ganz klein bisserl ein Eisenmangel. Aber da brauchen wir keine Pillen oder sowas, da essen S' nur mehr Spinat, nicht wahr, so wie der Popeye, nicht wahr ..." Der Arzt ließ ein kollerndes Lachen hören. „Aber das ist ja kein Wunder, Sie sind ja so ein verrückter Laufsportler, wie man sagt, nicht wahr, da kommt sowas schon einmal vor, aber darüber brauchen Sie sich wirklich keine Gedanken zu machen. Das ist durch die richtige Ernährung ganz einfach zu korrigieren, gell, und wenn's dann trotzdem gar nicht will, dann brauchen wir immer noch keine Medikamente, nicht wahr, sondern da bekommen S' was von mir verschrieben, ein Nahrungsergänzungsmittel, so Eisenkapseln, die bringen das wieder ins Lot, wissenschaftlich nennt man diese Sachen Pheromone ..."

Das sind doch Geruchsstoffe, dachte Alexander, während der Primarius seinen Sermon weiter ausführte. Aber vielleicht irre ich mich auch, schließlich ist er der berühmte Primarius. Der hat's ja studiert, nicht wahr?

„... hahaha, das geht viel einfacher als wenn Sie jetzt anfangen, Schrauben und Nägel zu lutschen ... Hahaha! Übrigens würde ich Ihnen in Ihrer Situation aus der Sicht der Forschung natürlich auch ab und an mal Hanf also Extrakt empfehlen. Er ist eine der ältesten Heilpflanzen und viele Kulturen setzen seit Jahrhunderten Hanf und isolierte Inhaltsstoffe aus Hanf zur Behandlung von verschiedenen Krankheiten und Beschwerden ein und Ihr Onkel Wolfgang hat mir verraten, Sie leiden etwas unter Depressionen und Schlafstörungen. Das wird ihnen helfen."

„Tschuldigung, Herr Primar", wandte Alexander ein, „aber ich bin wegen dem Vaterschaftstest da. Ich möchte wissen, ob ich der Vater der Kleinen bin oder nicht."

„Ah ja, natürlich." Der Primarius öffnete umständlich einen Aktendeckel. „Ja, also die Geschichte ist nicht ganz so einfach, will mir scheinen, nicht wahr. Ich bin ja nicht nur der

Unikollege Ihres Onkels, sondern wie es der berühmte Zufall so wollte vom Gericht auch noch als Sachverständiger berufen worden, um die Vaterschaft eindeutig festzustellen, nicht wahr? Soweit so gut." Der Primarius hielt eine Tabelle knapp vor seine Brille. „Also, da haben wir es ja, nicht wahr. Ich habe sowohl von der kleinen Alexandra als auch von dem großen Alexander" – Scherz –, er lachte polternd über seinen eigenen Witz, „eine Blutprobe genommen. Jetzt dürfte mit den Proben irgendetwas irgendwie schiefgelaufen sein, nicht wahr."

„Wieso, wenn ich fragen dürfte, Herr Primarius Prof. Dr. Kranner?"

„Ja, das ist eine ganz seltene Sache, nicht wahr, Herr Alexander. Sie haben Blutgruppe Null positiv, also für jegliche Spende brauchbar. Wir haben ohnehin zu wenig Blutkonserven, daher möchte ich Ihnen dringend empfehlen, gehen S' zum Blutspendezentrum vom Roten Kreuz, die lassen Ihnen dort einen halben Liter ab, das spüren Sie nicht einmal, nur ein bisserl schwindlig sind Sie nachher, wenn Sie empfindlich sind, aber Ihnen als Marathonläufer, der da auch am Nordpol und im Himalaya herumhirscht, wird das nichts ausmachen. Sie kriegen auch ein Paar Frankfurter wie wir Österreicher sagen oder Wiener Würstchen wie unsere Nachbarn sagen, verrückte Welt ..., und soweit ich weiß, können Sie sich Ihnen selber aussuchen, was Sie für einen Senf dazu bekommen – entweder einen Estragon oder einen Kremser Senf – und ein Semmerl gibt's auch dazu. Ich sag immer, dass das Blutspenden eine edle Sache ..."

„Nochmals Tschuldigung, Herr Primarius, ich geh ganz bestimmt Blut spenden, Sie haben mich überzeugt, aber was ist jetzt mit meiner Vaterschaft?"

„Ja, da komm ich gleich drauf, junger Mann! Das was die meisten haben, ist bei Ihnen auch keine Gefahr, weil Ihre Blutzuckerwerte ..."

„Bitte, Herr Primarius, die Vaterschaft!"

„Ach so, ja also, nicht wahr, Sie haben Blutgruppe Null positiv, gerade ideal zum Blutspenden, wie ich schon gesagt hab, aber Ihre Tochter – sofern sie das ist, Sie zweifeln es ja offenbar an – hat Blutgruppe AB negativ. Das ist in einer Erbfolge eigentlich kaum möglich, obwohl ja schon Mutationen vorgekommen sind. Aber da bleibt halt was ziemlich Unsicheres, nicht wahr, weil die Blutgruppe von der Frau Mama haben wir ja nicht, nicht wahr, weil die besagte Frau Mama es vorgezogen hat, zu verschwinden wie die berühmten Sorgen im Wald, ähhh nicht wahr?

Daher ist das halt nicht so einfach zu sagen. Aber wenn wir die Blutgruppe der Frau Mama hätterten, dann wär das was anderes, nicht wahr, dann könnten wir auf einen Schlag sagen: Jawohl, der Herr Alexander ist der Vater von der kleinen Alexandra nicht wahr, oder auch nicht, nicht wahr! Also kurz und gut: Mit dem vorliegenden Material sind Sie mit einer gewissen Wahrscheinlichkeit nicht der Vater, nicht wahr, obwohl Sie mit einer gewissen Wahrscheinlichkeit durchaus der Vater sein könnten, nicht wahr. Was aber beides nichts heißt, weil es nur eine gewisse Wahrscheinlichkeit ist. Mit so einem Befund würde ich nicht vor Gericht gehen, nicht wahr!"

„Ja, aber was dann? Gibt's neben dem Blutbefund nicht noch einen DNA-Test, mit den Genen oder so?"

„Aber natürlich!" Der Primarius breitete erfreut die Hände aus. „Damit erreichen wir eine 99,9 prozentige Sicherheit, das erkennt jedes Gericht an!"

„Wunderbar", feixte Alexander. „Und wie kommen wir zu so einem Befund?"

„Ja, das ist ganz einfach, nicht wahr! Wir brauchen eine Spermaprobe von Ihnen!"

„Spermaprobe?"

„Ja, freilich. Das ist ganz einfach, nicht wahr. Die Technik, wie wir zu einer Spermaprobe von Ihnen kommen, ist ganz einfach, die beherrschen Sie sicherlich schon seit der Pubertät! Haha! Nicht wahr?"

„Okay, ich kann's mir vorstellen! Und wie spielt sich sowas ab?"

„Ganz einfach." Der Primarius drückte auf einen Knopf seiner Telefonanlage. „Genau für solche Zwecke haben wir einen kleinen Raum nebenan, nicht wahr. Schwester Helga! Unser Patient muss eine Probe abgeben, nicht wahr. Würden Sie so freundlich sein, ihn ins Kämmerchen zu führen?"

„Aber gern", tönte es aus dem Lautsprecher. Irrte sich Alexander, oder kam das eine Spur zu bereitwillig?

„Wissen Sie, junger Mann, dort sind Sie ganz allein, es liegen auch ein paar lustige Illustrierte auf, wobei ich Ihnen im Vertrauen sagen muss, nicht wahr, dass wir da ständig einen gewissen Schwund haben, weil ich davon ausgeh, dass da manche Herren sich das eine oder andere Blatt mit nach Hause nehmen und dann dort fleißig weiter trainieren, nicht wahr? Und jetzt bin ich, glaub ich, schon in Verruf gekommen, weil immer, wenn ich im Erotik-Shop in der Praterstrasse ein neues Packerl Illustrierte kauf, nicht wahr, schaut mich die Verkäuferin – also die schaut vielleicht aus, kann ich Ihnen sagen, ein richtig verrucht-verlebtes Gesicht hat die, da fahren manche Männer ganz sicher drauf ab, aber das sind besonders verkommene Faschisten – ähhh ... nein, Fetischisten wollt ich sagen ..."

„Herr Primar!" Alexanders Stimme war schon weinerlich. „Wie machen wir weiter?"

„Aso, ja, also da gibt's ein paar lustige Illustrierte, die wie gesagt immer weniger werden, die könnten Sie für einen raschen ungequälten Ablauf animieren, nicht wahr? Wenn Sie nächstes Jahr kommen wollen, dann haben wir auch schon Filme abrufbar." Der Primarius rollte mit den Augen und leckte sich genüsslich über die Lippen. „Das wird den Erfolg dieser Aktion ganz bestimmt noch mehr unterstützen, nicht wahr?!"

Die Tür ging auf, eine nicht mehr ganz junge Frau mit erwartungsvollem Lächeln kam herein und forderte Alexander auf, ihr zu folgen.

Alexander trottete ein paar Meter hinter ihr her, bis sie die Tür zu einem kleinen Zimmer öffnete, in dem sich eine Ledercouch befand.

„Bitte sehr", meinte sie mit breitem Lächeln und einer einladenden Handbewegung. Alexander ging in den Raum, die Schwester kam ihm nach und schloss hinter ihm die Tür.

„Sie müssen es nicht ganz voll machen, hihihi!", kicherte die Schwester und übergab ihm ein kleines Plastikbecherchen mit einem Deckel.

„Das?"

„Ja, da hinein", meinte die Schwester. Ihre Augen bekamen etwas Schmachtendes.

XII

Vierzehn Tage später hatte sich Alexander wieder in der Ordination des Primarius eingefunden. Schwester Helga hatte ihn mit freundlichem Lächeln empfangen und angemeldet.

„Bitte, so nehmen Sie doch Platz. Der Herr Primarius hat nur noch einen Patienten vor Ihnen, es dauert sicher nicht lang!" Alexander nickte zerstreut und nahm auf einem Sessel Platz. „Und wenn es nichts geworden ist, dann nehmen Sie sich das nicht so zu Herzen."

„Nichts geworden?", schreckte Alexander hoch.

Die Schwester lächelte freundlich und zuckte mit den Schultern. „Das kommt manches Mal vor, aber das ist kein Problem." Ihr Lächeln wurde noch freundlicher. „Das nächste Mal wird's dann schon besser gehen, mit der richtigen Unterstützung ..."

„Mhm", murmelte Alexander und nahm wieder auf dem Sessel Platz. Immer wieder bedachte die Schwester ihn mit erwartungsvollen Blicken, bis er endlich ins Ordinationszimmer eintreten durfte.

„Mein lieber Herr Alexander", begrüßte ihn der Primarius Dr. Kranner verbunden. „Setzen Sie sich, setzen Sie sich, nicht wahr, nehmen Sie Platz!"

Alexander war richtiggehend nervös und angespannt, er setzte sich praktisch auf die Kante des Sessels. „Und wie schaut's aus, Herr Primarius?" fragte er gespannt.

„Wie es ausschaut? Wie es ausschaut? Natürlich großartig, Herr Alexander, nicht wahr, ganz großartig! Weil ..." Der Primarius hob den Zeigefinger und strahlte Alexander an.

„Weil ...?", fragte Alexander und legte den Kopf ein wenig zur Seite.

„Ja", meinte der Primarius und ließ den Zeigefinger wieder sinken. „Es ist nämlich so: wir haben ein echtes Ergebnis, nicht wahr!"

„Ja?"

„Jawoll!", polterte der Primarius. „Und zwar ein ganz eindeutiges! Jetzt können wir die Sache am Gericht ein für alle Mal klären, weil nun haben wir ein einwandfreies Ergebnis!"

„Und welches?"

„Tja, da Sie so kooperationsbereit waren und Ihr Ejakulat in den Probenbehälter praktiziert haben, übrigens ganz hervorragend, so völlig ohne Herumklecksen, das ist schon lobenswert, nicht wahr! Also wenn ich da an die anderen Kandidaten denke, da gibt's welche, die kleckern dabei herum, wenn's los geht, nicht wahr, also manche sind da nur mehr ein reines Nervenbündel, kann ich Ihnen sagen! Aber die Schwester Helga, die hat ein Talent, die Männer zu beruhigen, und wenn die das Kommando übernommen hat, geht das immer sehr ordentlich über die Bühne, nicht wahr?"

„Danke, Herr Primarius. Aber was ist mit dem Ergebnis? Wir haben also ein eindeutiges Ergebnis. Und welches?"

„Vor allen Dingen ein völlig Unangreifbares. Jetzt haben wir Gewissheit, nicht wahr?"

Alexander hatte es aufgegeben. Wenn der Primarius reden wollte, dann sollte er. Worum es eigentlich ging, das würde er anscheinend erst dann verraten, wenn er dazu bereit war. Also wappnete sich Alexander mit Geduld.

„Um Sie, mein lieber Freund, aber nun nicht allzu sehr auf die Folter zu spannen ... na ja, ein kleines Bisserl ist schon recht, wegen der Aufrechterhaltung der Spannung, nicht wahr, da hängt ja allerhand davon ab, nicht wahr, Alimentationszahlungen, eventuell alleinerziehender Vater werden ... ja, geht schon seltsame Wege manches Mal, das Leben, nicht wahr?"

Herrgott, lass ihn doch endlich zum Ergebnis kommen, dachte Alexander.

Der Primarius öffnete einen Aktendeckel, las darin murmelnd, blätterte um, murmelte wieder. Dann: „Ah ja, hier haben wir's, nicht wahr? Ja, völlig eindeutig, mein lieber Herr Alexander. Ich darf zitieren: Prostataextrakt supremat maximum modum – na also, besser geht's nicht – testikulares Substrat maximal aptisch, permanent ognotisch, in dreifachem Liebermanntest positiv. Na ja, da beißt keine Maus keinen Faden nicht ab, nicht wahr? Es ist nun mal so, wie es ist."

„Herr Primarius, ich hab kein Wort verstanden. Könnten Sie das für einen Normalsterblichen auf handelsübliches Deutsch übersetzen? Bitte!"

„Na ja, aber natürlich, lieber Freund, nicht wahr? Es ist ganz einfach, mein Lieber!" Der Primarius blickte Alexander kurz über die Brillengläser hinweg an, dann widmete er sich wieder den Papieren in seinen Händen. „Na ja, für Sie vielleicht nicht, nicht wahr? Aber das ist Schicksal, damit muss man eben fertig werden, wenn man in so einer Situation ist wie Sie. Kurz und gut, nicht wahr, die Frage, ob Sie der Vater der kleinen Alexandra sind oder nicht beziehungsweise sie Ihre Tochter ist oder nicht lässt sich eindeutig beantworten, nicht wahr.

Die Vaterschaft ist eindeutig nicht auf Sie zurückzuführen, mein lieber Herr Alexander!"

„Was?"

„Eindeutig. Sie sind nicht der Vater!"

„Sicher nicht?"

„Auf gar keinen Fall. Das ist jetzt amtlich." Der Primarius schwenkte die Papiere. „Mit diesem Befund gewinnen Sie jeden Vaterschaftsprozess, wenn eine Dame behauptet, Sie hätten sie geschwängert, nicht wahr!"

„Pfuuuuh!", machte Alexander. „Na also, ich hab's ja immer gesagt! Da bin ich aber schon sehr froh. Und da ist gar kein Zweifel möglich, nicht die geringste Chance?"

„Nein." Der Primarius schüttelte den Kopf. „Wie gesagt, das ist nicht möglich, dass Sie der Vater des Mädchens sind, nicht wahr."

„Aber was haben Sie dann damit gemeint, dass es Schicksal ist, wenn man in so einer Situation ist wie ich, und dass man da eben nichts machen könne?"

„Na ja, mein lieber Freund, jetzt kommen wir zur schlechten Nachricht, nicht wahr. Sie kennen das ja, nicht wahr, den alten Witz: Kommt der Henkersknecht und fragt den Delinquenten, ob er Trüffeln oder Kaviar zum Frühstück möchte. Der Delinquent wählt Kaviar aus, und der Henkersknecht sagt: Das war die gute Nachricht und die schlechte ist: Nach dem Frühstück wirst du geköpft! Hahaha!"

„Ich versteh noch immer nicht. War das mit der nicht existenten Vaterschaft für mich die gute Nachricht?"

„Jawohl, mein Lieber!" Der Primarius zog die Stirn in Falten. „Aber jetzt kommt die schlechte – ich sag's mal so, wie es ist, nicht wahr? Sie können sich nicht fortpflanzen!"

„Das versteh ich nicht. Bei mir funktioniert doch alles, und ich hab doch auch schon mit einigen Damen Verkehr gehabt, zumeist auch mit meiner Frau, zumindest seit wir verheiratet sind, so an die fünfzehn Jahre!"

„Aber das stimmt doch sicherlich alles!", wischte der Primarius Alexanders Bedenken beiseite. Bei Ihnen liegt die Crux nicht in einer erektilen Dysfunktion, also am Versagen des Schwellkörpers, nicht wahr, nein, nein, das ist schon in Ordnung, nehme ich an, sonst hätte mir Schwester Helga sicherlich Bericht erstattet."

„Aber ich habe deren Hilfe doch gar nicht in Anspruch genommen!"

„Na ja, was schade ist, weil sie kann da wirklich beachtlich viel, hat ausgezeichnetes Fingerspitzengefühl, Sie sollten einmal sehen, wie sie die armen Burschen wieder aufrichtet.

„Von mir aus, aber was stimmt denn dann nicht mit mir?"

„Na ja, so ganz gerade heraus und direkt hinein – nein, blödes Wortspiel, entschuldigen Sie – also nur geradeheraus:

Sie sind unfruchtbar, also steril, sozusagen, nicht wahr. Ihr Ejakulat enthält keine Spermien."

„Was?"

„Tja, es ist so ..." Der Primarius schob den Aktendeckel auf dem Schreibtisch hin und her. „Ich hab's mir schon bei Ihrem Blutbild gedacht. Es fehlen bei Ihnen bestimmte Hormone, welche die Spermienproduktion auslösen, daher gibt es keine, nicht wahr."

„Aber seit wann denn?"

„Aus Ihrem Blutbild geht hervor, dass Sie noch nie über diese bestimmten Hormone verfügt haben. Das heißt, dass Sie nur dann Vater werden, wenn Sie ein Kind adoptieren, nicht wahr. Das wäre aber natürlich nur eine juristische Vaterschaft, aber niemals eine biologische."

„Aber ..." Alexander saß aufrecht vor dem Primarius mit offenem Mund. Es dauerte eine kleine Weile, bis er wieder reagieren konnte. „Nein, Herr Primarius, Sie müssen sich irren!"

„Aber lieber Freund, ich irre mich ganz bestimmt nicht! Die Sache ist eindeutig, nicht wahr!"

„Aber ... aber ..."

„Was abern Sie da herum, sagen Sie doch, was Ihnen am Herzen liegt!"

„Ich bin seit mehr als fünfzehn Jahren verheiratet!"

„Und?"

„Ich habe zwei Kinder, Viktor, der ist dreizehn, und Isabella, die ist zwölf!"

„Und das sind Ihre Kinder?"

„Ja, natürlich, wir haben geheiratet, als sicher war, dass Viktor unterwegs ist. Und ich war bei beiden Geburten dabei! Das sind meine Kinder!"

Der Primarius glotzte Alexander einige Momente lang an, dann verzog sich sein Gesicht zu einem breiten Grinsen, das sich zu einem Kichern steigerte und in einem schallenden, langanhalten Lachen endete. Mit einer Handfläche schlug er immer wieder auf die Tischplatte, wieherte vor Lachen.

Schwester Helga kam hereingestürzt, starrte auf den sich vor Lachen krümmenden Primarius. „Was hat er denn?", fragte sie Alexander, doch der konnte gar nicht antworten. Der Primarius zeigte auf Alexander und prustete zwischen den Lachsalven hervor:

„Der ... der hat ... zwei Kinder! Ich halt's net aus! Kuckuck! Kuckuck!", rief der Mediziner und brach lachend über seinem Schreibtisch zusammen.

XIII

Das Frühstück bei Alexanders Restfamilie war anfangs irgendwie fremd erschienen. So richtig an den Zustand des fehlenden Familienvaters hatte sich noch keiner der Übriggebliebenen gewöhnt. Die Kinder waren missmutig, Isabella klatschte Erdnussbutter auf ihr Brot, Viktor hatte Stöpsel in den Ohren und fummelte an seinem neuen iPad herum.

„Du kannst sagen, was du willst, Mama", keifte Isabella, „aber der Papa fehlt. Er fehlt doch überall. Niemand hilft uns mehr bei den Aufgaben, niemand bringt uns mehr in die Schule!"

„Ihr seids groß genug, dass ihr den Schulweg alleine schafft!"

„Na sicher", gab Isabella zurück, „aber es dauert doppelt so lang, und dann musst dich in die Bim quetschen, die Leut steigen dir auf die Füße, da drin stinkt's, du musst den Rucksack runternehmen, und am Ende stehst ohne den da. Und dann sollst noch in die Schule!"

„Stimmt", murmelte Viktor. „Am Dienstag hat irgendein Blödmann seinen Rucksack über mein T-Shirt gezogen und hin war's! Hab den ganzen Tag in der Schule mit dem zerrissenen Leiberl zubringen müssen!"

„Der Papa fehlt, sag ich!", meckerte Isabella weiter. „Auch beim Spielen, bei einfach allem!"

„Gib schon Ruh!", wies Anna ihre Tochter zurecht. „Er hat's nicht anders wollen, euer lieber Herr Vater!" Anna hätte in ihrer derzeitigen eher auf Streit gebürsteten Verfassung niemals zugegeben, dass er auch ihr fehlte. Schließlich waren fünfzehn Jahre nicht so einfach wegzuwischen, stellte sie fest. Sie vermisste ebenfalls den immer gut aufgelegten Ehemann, der Witze und lustige Begebenheiten erzählte, immer Sonnenschein in den normalen Alltag brachte. Und außerdem hatte es schon so manche Situation gegeben, der sie nicht gewachsen war – wie die Geschichte mit den beiden kaputten Dachziegeln, die sie nicht austauchen konnte. Auch Anna fehlte ihr Sonnenschein.

„Aber was jetzt ist", murrte Viktor, „das ist alles andere als artgerechte Haltung von Schulkindern!"

„Jetzt hört auf zu meckern. Es ist, wie es ist. Beeilt euch, damit ihr weiterkommt. Ich muss aufs Arbeitsamt!"

„Wie der Papa noch da gewesen ist, hast das nicht müssen!", stellte Isabella fest.

„Ja", pflichtete ihr Viktor bei, „da hat's immer Geld gegeben, da hat niemand so gejammert wie du in der letzten Zeit!"

„Ich muss mir halt Arbeit suchen", antwortete Anna gereizt. „Irgendwo muss ja ein bisserl Geld herkommen."

„Da hast dir früher keine Sorgen machen müssen", gab Isabella zurück. „Beim Papa war immer alles da."

„Und was willst du arbeiten? Was kannst du denn?", hakte Viktor nach.

„Das werden wir schon sehen", gab Anna spitz zurück. „Aber was anderes: werdet ihr von euren Klassenkameraden nicht gemobbt, weil euer Vater fremd gegangen ist?"

„Wieso sollten wir gemobbt werden?", fragte Isabella.

„Na ja, weil die Familie auseinandergebrochen ist, euer Vater nicht mehr im Fernsehen auftritt, er keine Berühmtheit mehr ist und demnächst als Ehebrecher verurteilt wird."

„Mama", grunzte Viktor und blickte seine Mutter von oben bis unten an. „Du hast echt keine Ahnung, oder?"

„Von was hab ich keine Ahnung?"

„Mein Gott, wie das bei uns ist, das ist doch nichts Aufregendes!"

„Das ist doch normal!", pflichtete Isabella bei.

„Du solltest einmal zuhören, wie es in anderen Familien zugeht, da ist's bei uns das reinste Puppenhäuschen!" Viktor hatte scheinbar etwas auf seinem iPad gefunden, er wurde lebhafter. „Red mit den Leuten, da wirst du feststellen, dass es fast überall drunter und drüber und kreuz und quer in den Familien zugeht."

„Unsere Direx sagt", meinte Isabella, „dass es sowas schon immer gegeben hat, nur hat man's heimlicher gemacht. Heute lebt jeder seine Triebe nach Belieben ganz offen aus, sagt sie, und dass wir bitte nicht auf solche Ideen kommen sollen. Und Sex ist nicht das Wichtigste im Leben, sagt sie."

„Die hat gut reden", brummte Viktor. „Bei der ist der Sex längst vorbei. So wie die ausschaut ..."

„Jetzt hörts auf, über eure Direktorin so zu reden!", wies Anna die Kinder zurecht.

„Wenn's aber wahr ist", murrte Viktor.

„Was wollen die schon wieder?", fragte Isabella und blickte

aus dem Fenster zur Gartentür, vor der sich soeben ein Polizeiauto einparkte.

„Das sind schon wieder die zwei", stellte Anna fest, als sie die Polizistin mit ihrem Kollegen aus dem Auto steigen sah. Dann klingelte es auch schon an der Tür.

„In Gottes Namen", seufzte Anna und betätigte den Türöffner. „Und ihr zwei schauts, dass ihr in die Schule kommts!"

„Erst wollen wir wissen, was schon wieder los ist!", sagte Isabella trotzig.

Anna kam zu keiner Antwort, denn da klopfte es schon an der Eingangstür. Sie öffnete, und die beiden Polizisten drängten herein.

„Sind Sie", sagte die Polizistin und musterte Anna mit scharfem Ton und Blick, „die Frau Anna Alexander – also die Ehegattin des Herrn Alexander?"

„Was fragst so komisch", meinte ihr Kollege, „wir kennen sie ja."

„Na eh", gab sie zurück und zog ein amtlich aussehendes Schreiben aus einer Tasche. „Aber das ist amtlich, und ich muss die Frau schließlich amtlich indenfizieren!"

„Identifizieren!"

„Von mir aus! Also, sind Sie es oder sind Sie es nicht?"

„Was bin ich nicht?", fragte Anna verwirrt.

„Na, Sie selber, was sonst? Daher wiederhole ich: sind Sie es oder sind Sie es nicht?"

„Ihre Frage bezieht sich auf eine Eigenschaft", mischte sich

Viktor ein. „Meine Mutter hat viele Eigenschaften, da müssen Sie präzisieren."

„Kleiner Klugscheißer, was?", fauchte die Polizistin und machte schmale Augen. „Werd du erst einmal strafmündig, dann wirst schon sehn, was für Eigenschaften unsereiner hat. Also, wannst schon so ein Blitzgneißer bist: Ist das da deine Mutter?"

„Diese Frage kann zu keiner Identifikation führen", dozierte Viktor. „Diese Dame – und nicht „das da", merken Sie sich das Ihnen, ist meine Mutter. Das behebt Sie aber nicht der Pflicht der Identifikation, weil Sie ja mich nicht identifiziert haben! Wer bin ich denn?"

„Weißt du, was der Bua da will?", fragte der Polizist.

„Ja, der will mich sekkieren. Aber daraus wird nichts." Die Polizistin wandte sich wieder an Anna. „Noch einmal: Sind Sie die Anna Alexander oder nicht?"

„Was fragen Sie mich so komisch", meinte Anna, „Sie kennen mich ja!"

„Natürlich kenn ich Sie!", rief die Polizistin, nun merklich gereizt.

„Was fragen Sie mich dann?"

„Weil ich muss! Ich muss Ihnen amtlich indenfizieren ..."

„Identifizieren!", meinte der Polizist abermals.

„Kusch!", schrie die Polizistin. „Das Gericht verlangt eine eindeutige Indenti..., Identi... wurscht! Sie müssen sich Ihnen ausweisen, verstehn Sie?"

„Was sagen Sie das nicht gleich!", meinte Anna pikiert. „Ich hole nur meinen Führerschein", sagte sie und ging nach oben.

Die Eingangstür wurde aufgeschoben, Alexander kam herein und stellte seine Reisetasche ab.

„Papa! Papa!", riefen die Kinder, liefen auf Alexander zu und umarmten ihn. „Du bist wieder da!"

„Ja, Kinder, ich bin wieder da", meinte Alexander glücklich und schloss beide in die Arme.

„Bleibst jetzt auch da?", fragte Viktor hoffnungsvoll.

„Jetzt bleib ich da!" Alexander nickte, drückte nochmals die Kinder an sich. „Aber sagt's denn, was machts ihr denn da? Solltets ihr nicht auf dem Schulweg sein?"

„Ja, schon", meinte Isabella und zeigte auf die Polizistin, „aber wir wollten wissen, warum die schon wieder da sind."

„Na, lassts euch überraschen", schmunzelte Alexander. „Ich hoffe, dass alles gut wird."

Anna kam die Treppe herunter und starrte fassungslos, offenen Mundes, auf Alexander.

„Mach zu, es zieht", grinste der.

„Was machst du hier?", fragte Anna, ohne wirklich eine Antwort zu erwarten und wies die Polizistin an: „Bringen Sie diesen Menschen aus dem Haus. Sie haben ihn selbst hier abgeholt! Er hat hier nichts zu suchen! Sie wissen, dass er mindestens hundert Meter von da Abstand halten muss!"

„Alles der Reihe nach!", gab die Polizistin zurück. „Was ist, können Sie sich Ihnen jetzt indenti..." Sie schoss einen giftigen Blick auf ihren Kollegen ab, der schon den Mund geöffnet hatte, um sie zu korrigieren. Der Polizist zuckte mit den Schultern und klappte den Mund zu. „... ausweisen?" Anna gab der Polizistin den Führerschein. „Na also, warum net gleich. Ich weiß nicht, die Leut sind allerweil so bockig ... Also ja", sagte sie und gab Anna den Führerschein zurück. „Sie sind jetzt als Anna Alexander eindeutig indent... wurscht, das ist jetzt amtlich."

„Wer hätt ich denn sonst sein sollen?"

„Ruhe! Ich verlese jetzt ein amtliches Dokument. Das ist ein Beschluss vom Bezirksgericht, also hören Sie sich mir aufmerksam zu! Kapiert?"

Rundum nickten alle.

„Das Bezirksgericht hat in seiner Verhandlung vom ... gestern? ... festgestellt, dass die seinerzeitig mittels Urteil vom ... wurscht ... ergangene Wegweisung des Herrn Alexander von seinem Haus, seiner Frau und seinen Kindern mit sofortiger Wirkung aufgehoben wird. Herr Alexander kann sich ab sofort ohne jegliche Einschränkung in seinem Heim aufhalten."

„Das ist ein juristischer Trick!", schrie Anna.

„Na sicher, was denn sonst!", antwortete die Polizistin. „Das ist doch immer so. Drum werden heute bei uns Vergewaltiger nicht eingesperrt, sondern auf freiem Fuß angezeigt, ist ja nichts Besonderes, so a bisserl vergewaltigen, oder? Einmal in der Wochen, das darf doch einer Frau nichts ausmachen, nicht wahr? Ah was, was reg ich mich auf!"

„Der Papa bleibt jetzt da!", krähten die Kinder vergnügt, während sie sich an Alexander festhielten und fröhlich auf und ab hüpften.

„Nein, der bleibt nicht!", sagte Anna. „Der ist doch ein Ehebrecher!"

„Könnt sein, dass Sie sich Ihnen da irren", meinte die Polizistin.

„Ja, aber ... wieso?"

„Da müssen Sie das hohe Gericht fragen, wir sind nur Polizisten und führen die Anweisungen des Gerichtes aus."

„Aber oft", meinte nun der Polizist in verschwörerischem Ton, „weiß so ein Gericht auch nicht recht Bescheid, da gibt's solchene Urteile und solchene. Da gehen zum Beispiel zwei Richter vom Obersten Gerichtshof am Donaukanal spazieren. Kommt ein Mann daher und schreit den einen Richter an: „Ihr Hund hat mir ans Bein gepinkelt, jetzt ist mein Anzug hin und ich krieg von Ihnen 500 Euro!" Der Richter gibt dem Mann 500 Euro, der geht fort. Der zweite Richter sagt: „Aber du hast doch gar keinen Hund!" Sagt der erste Richter: „Stimmt. Aber was weiß ich, wie der Oberste Gerichtshof urteilt?"

„Geh hör auf mit deine Witz", winkte die Polizistin ab.

„Aber Sie selber haben ihn ja aus dem Haus gewiesen!", reklamierte Anna.

„Na und? Jetzt weis ma ihm halt wieder ein! Is eh ein echter Narrenturm da!"

„Und alles was er angestellt hat, das zählt nicht mehr?"

„Woher", sagten die beiden Polizisten wie aus einem Mund, „sollen wir wissen, was was zählt?"

„Das geht doch nicht!"

„Liebe Frau", meinte der Polizist mitleidig, „was haben Sie für eine Ahnung, was alles geht! Zum Beispiel wird in ganz Europa gewählt, wer Chef der EU wird. Fünf Kandidaten gibt's, hunderte Millionen Leut wählen, und dann wird Chef ganz wer anderer, wer gar nicht zur Wahl gestanden ist. Sowas geht! Das nennt man Demokratie."

„Oder vielleicht ist's doch was anderes", kommentierte die Polizistin. „Jedenfalls tun Sie sich nicht wundern über das, was sich grad abspielt, jetzt da hier bei uns oder sonst irgendwo in der Welt. Die steht auf kein Fall mehr lang."

„Das ist so klar wie Schuhwichs!", ergänzte der Polizist.

„Jetzt hab ich's endlich gefunden!", rief Viktor. Aus seinem iPad ertönte der alte Trini-Lopez-Schlager „Shame and Scandal in the Family". Alle hörten gespannt zu.

„Oiso", meinte der Polizist, „das was sich da abspielt, Gnädigste, hat sich schon allerweil abgespielt, jeder hat's gewusst, und die ganze Aufregung ist doch eh nur Theater. Wissen Sie, wir gehen jetzt. Wir haben unsere offizielle amtliche Pflicht getan. Alles darüber hinaus ist die Pflicht der Staatsbürger." Die beiden salutieren und streben ihrem Auto zu.

„Und jetzt?", fragte Anna völlig verblüfft.

„Jetzt", so meinte Alexander, „setzen wir uns erst einmal nieder und reden über die Situation."

„Ja aber die Kinder – die Schule ..."

„Die Welt wird nicht einstürzen, wenn sie einen Tag nicht zur Schule gehen. Unsere Familie ist wichtiger. Kinder, heut habt ihr schulfrei. Ich schreib euch eine Entschuldigung!"

„Voll fett!", strahlte Isabella.

„Total krass abgefahren!", pflichtete ihr Viktor bei.

„Aber worüber sollen wir noch reden?", fragte Anna und ließ sich auf einem Sessel nieder. „Dir werden diese miesen juristischen Tricks auch nicht helfen. Die Scheidung ist durch, das Urteil wird demnächst kommen, dann musst du sowieso wieder ausziehen!"

„Das glaub ich nicht. Aber schön langsam. Eins nach dem anderen." Alexander wandte sich an die Kinder, die ihn aus großen Augen anblickten. „Ich habe meine Arbeit, meine Beliebtheit bei den Zuschauern und die Zuneigung meiner Frau verloren. Gestern hat es wirklich noch ausgesehen, als wäre ich ein mittelloser Obdachloser und müsste vor die Hunde gehen. Aber das ist jetzt und heute ganz anders geworden."

„Und wieso?", fragte Isabella gespannt.

„Durch das völlig abstruse Protokoll eines Polizisten hat die ganze Welt angenommen, dass ich eine Geliebte habe, und mehr noch, dass ich mit ihr ein gemeinsames Kind hätte."

„Das ist so, und daran kannst du nichts mehr ändern! Du wirst den Rest deines Lebens dafür büßen!"

„Jetzt hör doch endlich einmal auf, nur Gift und Galle zu spucken!", versuchte Alexander seine auf Krawall eingestellte Frau zu beruhigen. „Lass uns bitte ruhig und vernünftig miteinander reden – ohne diese ständigen Bissigkeiten, die bringen ohnehin niemanden weiter. Schauen wir uns doch nur die Tatsachen an, wie sie eben sind, und wenn wir das machen, dann wirst auch du draufkommen, dass Tatsachen eben nicht verändert werden können."

„Du bleibst jetzt wieder da, Papa, das hast du gesagt!", forderte Isabella.

„Na freilich hab ich das gesagt ...", gleichzeitig hob er abwehrend die Hand gegen die schon nach Luft schnappende Anna. „Beruhig dich, lass uns alles in aller Ruhe besprechen, okay?"

Anna schloss den Mund, jedoch bereit, jederzeit wieder loszulegen.

„Hast du dir", fragte Viktor lauernd, „im Hintergrund eine gute Verteidigungsstellung aufgebaut?"

„Das wär aus meiner Sicht nicht so zu nennen", meinte Alexander. „Aber hört einmal zu. Nachdem eure Mutter, meine Frau ..."

„Nein, das bin ich nicht!", fauchte Anna. „Wir sind geschieden!"

„Was sich als Irrtum herausstellen wird, mindestens als Irrtum!" Alexander warf Anna einen bestimmten Blick zu, worauf sie Anzeichen von Unsicherheit zeigte. „Ihr beide seid doch meine Kinder, nicht wahr?"

„Ja, sicher, klaro, was sonst!", kam es von den Kindern zurück.

Alexander umarmte beide. „Ja, ihr zwei seid meine beiden Kinder, die ich seit ihrer Geburt so gerne hab! Ihr seid mein Ein und Alles!"

Die Kinder kuschelten sich an Alexander. „Genau, und du bist unser Papa!", nuschelte Isabella. „The one and only!", tönte Viktor.

Während Alexander die Kinder an sich drückte, konnten sie nicht sehen, wie ihr Vater auf ihre Mutter blickte, dabei bedeutungsschwer nickte und wieder „Meine Kinder!" von sich gab. Dadurch konnten die Kinder auch nicht sehen, wie Anna große Augen machte und ihre Gesichtsfarbe langsam von erregtem Rot auf fahles Bleich wechselte. Anna griff sich unwillkürlich an die Kehle.

„Na gut, Leute, dann setzt euch einmal wieder hin und hört zu."

„Du schreibst uns wirklich eine Entschuldigung?", fragte Isabella nach.

„Aber sicher! Und eure Mutter unterschreibt ganz sicher mit, oder?", wandte sich Alexander an Anna, die nur ein heiseres Räuspern von sich geben konnte. Der Alarm in Annas Blick war für Alexander nun Gewissheit genug, dass Anna von Beginn an alles gewusst hatte, was die beiden Kinder betraf. Ihr schien bewusst, was nun folgen konnte. Außer dem Räuspern gelang ihr nur ein angedeutetes Nicken.

„Also, ich geb zu ...", eröffnete Alexander das Gespräch – die Kinder zogen die Augenbrauen hoch – „Nein, nicht was ihr denkt. Ich geb zu, dass das eine sehr chaotische Filmaufnahme war und da ist einfach alles aus dem Ruder gelaufen. Zahlreiche Schauspieler auf einem Haufen, der Regisseur wollte alles so schnell wie möglich drehen, deshalb waren alle Akteure auf einem Platz versammelt und sollten beinahe gleichzeitig auftreten – so etwas kann schiefgehen, und bei dem Spot für die Bahn ist wirklich alles schief- und gleichzeitig durcheinander gelaufen. Es war so schon sehr verwirrend, aber der Regieassistent hätte sich durchgewurschtelt, doch mit der völlig unbekannten hochschwangeren Frau im roten Kleid, die sich grad ins Taxi gesetzt hatte, als ich damit losfahren sollte, hatte niemand gerechnet – die ist völlig überraschend auf dem Set erschienen."

„Also dann war das doch nicht deine Geliebte?", vergewisserte sich Viktor.

„Aber nein", meinte Alexander, „ich hab die Frau das erste Mal in meinem Leben gesehen."

„Hast du dann eine andere Geliebte?", hakte Viktor nach.

„Nein, überhaupt nicht. Ich hab keine, nie gehabt. Die einzige Frau, die ich gern, wirklich gernhabe, die ich sogar liebe, wenn sie nur wieder zur Vernunft gekommen ist, das ist eure Mutter!"

„Eigentlich schade", maulte Isabella, „so ganz ohne noch andere romantische Feelings durchs Leben zu gehen ..."

„Eure Mutter und ich haben viele romantische Momente erlebt, das kannst du mir glauben! Und das Leben ist verwirrend und anspruchsvoll genug, junge Dame", betonte Alexander, „da braucht man sich nicht noch selbst mit zusätzlichen Problemen überhäufen!"

„Aber die Moslems!", fuhr Viktor hoch. „Die haben doch keine Probleme mit mehreren Frauen, wenn sie welche haben wollen!"

„Nein!“, schnappte Isabella entschieden. „Wenn ich einen bekomme, dann gehört der mir und sonst niemandem!“ Nachdenklich fügte sie hinzu: „Solang es halt geht.“

„Willst dich denn auf einen Prinzen festlegen?“, fragte Viktor.

„Schon“, gab Isabella zurück, „wenn er der richtige ist. Wenn man einen gescheiten hat, braucht man ja nicht mehr experimentieren, oder?“

„Ja“, meinte Viktor gedehnt, „ja – schon. Aber wie merkt man das, ob man den optimalen Partner – oder die optimale Partnerin gefunden hat?“

„Schon blöd“, kommentierte Isabella. „Das ist ja dann eine never ending story. Und alle kann man ja nicht ausprobieren, da wirst steinalt und kleinwinzig, bis du nur mit Favoriten durch bist.“

„Das gilt für uns Männer ja genauso“, sinnierte Viktor.

„Und nachher musst mit den Männern aus Simmering weitermachen.“ Isabella schüttelte sich vor Ekel.

„Oder den Frauen“, fügte Viktor entmutigt hinzu.

„Das geht doch gar nicht!“, begehrte Isabella auf. „Wie soll man denn da den Traumprinzen finden?“

„Oder die Traumprinzessin?“, ergänzte Viktor.

„Die gibt's beide nicht“, sagte Alexander. „Wir sind – okay, fast – alle Menschen, die in diese Welt hineingeboren werden. Die Welt ist eben so, wie wir sie vorfinden und kein utopisches Paradies, kein Schlaraffenland, in dem einfach jeder Wunsch erfüllt wird. Das sind nur Märchen. Und auf dieser Welt laufen eine Menge Menschen herum, die alle ihren Platz zwischen den anderen finden wollen – und müssen. Da gibt's eine Menge Konkurrenzkampf, denn jeder und jede möchte für sich das Optimale erreichen, das Maximum.

Und dann kommt eben auch noch die gegenseitige Anziehung hinzu. Männer zieht es zu Frauen, Frauen zu Männern."

„Moment!", warf Viktor ein. „Es gibt mittlerweile angeblich 42 anerkannte Geschlechter. Und weil ja gleichgeschlechtliche Beziehungen auch zählen, sind das rein mathematisch – Moment – 1.764 zwischengeschlechtliche Kombinationsmöglichkeiten!"

„Dir kann aber keiner mehr helfen!", rief Isabella aus.

„Und das nur bei reinen Zweierbeziehungen", setzte Viktor mit entrücktem Blick fort. „Bei Dreierbeziehungen ... oder wenn ich jetzt an eine WG denk ... so mit 10 Leuten ... das wären bei 10 unterschiedlichen Geschlechtern 10 hoch 42, da kämen wir so grob geschätzt auf 18 Trillionen und noch ein paar geschlechtliche Kombinationsmöglichkeiten ..."

„In einer WG?", fragte Isabella entsetzt. „Das muss ja weh tun!"

„Mathematik ist unschlagbar", antwortete Viktor patzig. „Aber da siehst, dass es nicht so geht, wie unsere Direx das haben will. Ich würd zuerst einmal gern sehen, wie ein drittes Geschlecht ausschaut oder gar noch ein anderes, aber das hat's uns nicht gesagt, die Direx."

„Ich glaub", fügte Isabella zaghaft hinzu, „dann willst die anderen 38 gar nicht mehr sehn!"

„Und ich bin sicher", sinnierte Viktor weiter, „die weiß auch nicht mehr, sondern redet nur so daher, weil's grad modern ist."

„Oder vielleicht ist sie eine Freundin vom Gery Keszler?"

„Das ist doch egal. Die Grundlage ist, dass man einander vertraut." Alexander nahm wieder das Wort an sich. „Man kann sich ja leicht in jemanden verlieben. Aber man kann sich in Menschen auch leicht täuschen. Man weiß ja anfangs gar nichts vom jeweils anderen, also muss man den anderen kennenlernen. In so viel wie nur möglichen Situationen – im Alltag, in Gesellschaft, im Urlaub und was weiß ich noch alles."

„Warum braucht man überhaupt jemand anderen?", wollte Isabella wissen. „Es laufen ja so viele Leute allein herum, die Singles, und die sind maßlos stolz darauf, kommt einem vor." – Das Gespräch nahm ungeahnte Dimensionen an.

„Kann schon sein, eine Zeitlang wenigstens", antwortete Alexander. „Aber dann schau einmal aufmerksam auf Datingplattformen, Kontakbörsen, Heiratsinserate und so was. Dann merkst du ganz schnell, dass die meisten Menschen durchaus einen Partner oder eine Partnerin im Leben haben wollen."

„Aber warum eigentlich?"

„Weil das Leben mit einer Partnerin oder einem Partner, dem man ohne Bedenken vertrauen kann, leichter zu bewältigen ist. Man kann Aufgaben teilen, gemeinsam etwas schaffen, das geht alles allein vielleicht auch, aber wesentlich schwieriger. Und zusammen können sie auch ihre jeweiligen Eigenschaften für die Kindererziehung am besten einsetzen. Natürlich gibt's auch Alleinerzieher, aber Papa und Mama gemeinsam geben erst den richtigen Halt in einer Familie, oder was meint ihr?"

„Aber Papa, es gibt doch auch Regenbogenfamilien, da haben zwei Papas auch ein Baby, das haben wir bei der Klassendiskussion um die Regenbogenparade erfahren" erläuterte Isabella keck.

„Ja, mein Schatz: Hauptsache ist, dass Kinder in einer verständnisvollen Umgebung aufwachsen, wo sie geliebt werden."

Die Kinder nickten zustimmend.

„Und jetzt ist bei uns ein gewaltiges Missverständnis entstanden, weil irgendein Polizist sein Protokoll schlampig verfasst hat. Aber durch solche Situationen muss eine Familie manchmal einfach durch, das sind die Schwierigkeiten, die man normalerweise gemeinsam bewältigt. Diesmal holpert's halt sehr, das geb ich schon zu, aber am Ende, da werdet ihr sehen, ist wieder alles in Ordnung."

„Fein, Papa!", rief Isabella. „Genauso wollen wir's haben!"

„Also, wie ist das alles gekommen: ich sitz in dem Taxi vom Werbespot, die Frau mit dem sehr roten Kleid und dem sehr großen Babybauch steigt plötzlich zu mir in den Wagen ein und macht sich auf dem Rücksitzbank breit, weil sie in den Wehen ist und möglichst schnell in die Klinik will. Der Regisseur, der Hans Ruzowitzky, hat keine Ahnung, was sich wirklich abspielt und meint, das muss man mit der Frau so lange proben bis die Szene sitzt – dabei ist sie in dem chaotischen Ablauf gar nicht vorgesehen und so wie es aussieht, wird sie sicher in ein paar Minuten ein Kind bekommen. Und da bin ich mit der Frau schnurstracks in die Semmelweis Frauenklinik gefahren. Dort tauchten wegen dem dämlichen Portier Polizisten auf und haben leider nachlässig ein Protokoll verfasst. Das war das Eine. Das Andere war eine Serie dummer Witze, die mein Freund Bernhard bei meiner nächsten Show gerissen hat, sodass eine übereifrige Reporterin aus Bernhards dummen Witzen eine groß aufgemachte Sensationsstory gemacht hat, an der nichts, aber auch schon gar nichts dran war."

„Das kann aber nicht sein", warf Anna beleidigt ein, „schließlich muss etwas dran gewesen sein. Du bist vom ORF hinausgeschmissen worden, das Jugendamt hat sich auf deine Fersen gesetzt, die Scheidung ist ohne Probleme durchgelaufen – da hätte auch das Gericht etwas gefunden, wenn das so gewesen wäre, wie du das so schilderst. Das kann nicht stimmen!"

„Ich muss ehrlich sagen, ich habe schon geglaubt, dass ich komplett verrückt bin: Ich kenne die Kindesmutter nicht, habe die nur einmal gesehen, und zwar wie ich sie zur Klinik gefahren habe, und die ganze Welt verurteilt mich als untreuen Ehemann. Was aber nicht wahr ist."

„Und wie willst du das beweisen?"

„Schön langsam. Als mich die Polizisten aus dem Haus weggewiesen haben, wusste ich wirklich nicht mehr aus noch ein. Eure Mutter hat ja gemeint, ich soll unter der Friedensbrücke schlafen. Aber Onkel Wolfgang hat mich Gott sei Dank in seinem Schrebergartenhäuschen wohnen lassen und dann bin ich Taxi gefahren – wie in meiner Jugend auch – und hab mir meinen Lebensunterhalt verdient."

„Und wo ist das Baby geblieben?", wollte Isabella wissen.

„Das ist vom Jugendamt an eine Pflegefamilie gegeben worden, derweilen nur provisorisch, das Amt will bzw. wünscht sich immer noch, dass ich meine – sagen wir mal: Vaterrolle anerkenne und das Kind übernehme."

„Und wann machst du das?"

„Da hab ich auch noch ein Wörtchen mitzureden!", fuhr Anna dazwischen.

Alexander ging nicht darauf ein. „Und irgendwann beim Taxifahren traf ich einen Freund, der mir zu einem Vaterschaftstest riet, wenn ich mit dem Kind wirklich nichts zu tun habe."

„Und – hast du so einen Test gemacht?", fragte Viktor. Anna hob wieder ihre Hand zum Hals – von den anderen unbemerkt.

„Ja, hab ich gemacht," antwortete Alexander. „War nicht ganz billig, der Herr Primarius Dr. Kranner ist ein komischer Kauz und seine rechte Hand, die Sprechstundenhilfe erst recht. Aber ich hab den Test gemacht." Anna kniff die Augen zusammen.

„Und – was ist jetzt rausgekommen?" Isabella rückte unruhig auf ihrem Stuhl herum. „Bist du jetzt doch der Vater des Babys?"

„Hm. Was meinst du?", entgegnete Alexander.

„Du bist es, du bist es!", rief Isabella. „Wir wünschen uns doch schon so lange ein Geschwisterchen! Und jetzt haben wir eines!"

„Also, ich weiß nicht", murmelte Viktor. Das ist nicht logisch. „Dass dich die Polizei zu uns nach Hause bringt, heißt doch eigentlich nichts anderes, als dass es für den Rausschmiss, den das Gericht angeordnet und dann wieder aufgehoben hat, keinen Grund geben kann."

„Der Test war sehr umfangreich, das Gutachten des Herrn Primar hat 27 Seiten, aber es ist ganz eindeutig."

„Jetzt spann uns doch nicht so auf die Folter", bettelte Isabella. „Ist das Kind von dir oder nicht?"

„Na ja, wenn da jetzt die Unwägbarkeit der 42 verschiedenen Geschlechter ...", warf Viktor ein.

„Hör auf zu klugscheißern!", fuhr ihn Isabella an. „Schau dir doch die anderen Geschlechter an!"

„Würd ich ja gern", gab er zurück, „aber das sind ja nur Gerüchte ..."

„Egal!" Isabella wurde energisch. „Also was jetzt, Papa?"

„Na ja, wenn ihr es unbedingt wissen wollt ..."

Anna hielt es nicht mehr aus. Das war eine Hinrichtung mit Ansage. Sie war aufgestanden und wollte sich vom Esstisch entfernen.

„Nein, Anna", meinte er, „Mutter meiner Kinder, bleib doch da! Es wird noch interessanter, ich versprech's dir!"

„So bleib doch, Mama!", krähte Isabella.

„Dass du dir sowas Spannendes entgehen lässt, glaub ich einfach nicht!", meinte Viktor. Anna ließ sich zögernd wieder am Tisch nieder, blickte jedoch intensiv auf die Tischplatte.

„Machen wir's kurz", sagte Alexander und legte das Gutachten des Primarius wie unabsichtlich so, dass Anna es lesen konnte. „Der Vaterschaftstest hat eindeutig ergeben ..."

„Waaas? Waaas?", forderte Isabella.

„Na, so sag schon, Papa", meinte Viktor.

„Der Vaterschaftstest hat eindeutig ergeben, dass ich ... nicht der Vater des Kindes bin."

Anna blieb unbewegt und starrte unverwandt auf das Gutachten. Dann nahm sie es langsam zur Hand und begann es durchzublättern.

„Ooooch!", schmollte Isabella. „Das ist doch total fies! Wir wollen das Baby. Wir wollen das Baby!"

„Ja, genau!", stimmte Viktor zu. „Das kannst du doch nicht machen! Wir warten schon jahrelang darauf und dann wird nichts daraus!"

„Aber die Mutter des Kindes ist doch verschwunden!", rief Isabella. „Da können wir das Baby ja zu uns nehmen, es aufziehen, als unser Geschwisterl verhätscheln!"

„Das wäre schon möglich, aber da hat eure Mutter mitzureden, da hängt es natürlich von ihr ab, ob wir das Kind zu uns nehmen können oder nicht. Oder, was sagst du, Anna?"

Anna schluckte ein-, zweimal, dann hatte sich ihre Stimme gefangen. „Das ist eine ganz neue Situation für mich ..."

„Wirklich?“, fragte Alexander.

Anna warf das Gutachten auf den Tisch, stand auf und lief in den Garten vor dem Haus, wo sie auf und ab ging.

„Was hat Mama denn?“, fragte Viktor verblüfft. „Das hat sie ja noch nie gemacht ...“

„Komisch“, meinte Isabella, „so haben wir sie noch nie gesehen. Was ist denn da im Busch?“

Nachdenklich betrachtete Alexander die auf und ab marschierende Anna. „Das müsst ihr verstehen. Ihre Welt hat sich gerade geändert – und zwar grundlegend. Alles, was sie bisher in ihrem Leben aufrecht gehalten hat, ist auseinandergefallen.“

„Das ist doch einfach“, meinte Isabella. „Ihr beide heiratet wieder und es ist alles in Ordnung.“

„Wenn es so einfach wäre. Aber da gibt's noch eine ganze Menge Schwierigkeiten. Die Scheidung ist nun mal da, die können wir nicht rückgängig machen. Wir sollten wieder heiraten, aber ob eure Mutter das will, das weiß ich nicht. Ich weiß auch nicht, wie sie ihr Leben, das sie sich seit der Scheidung eingebrockt hat, wieder einrenken will.“

„Du meinst Tante Ottilie? Mit der werden wir schon fertig“, prophezeite Viktor. „Wir tauschen einfach die Schlösser gegen neue aus, da kann sie dann nicht mehr herein.“

„O Gott, sie hat schon einen Schlüssel?“, stieß Alexander hervor.

„Das war das Erste, was sie von Mama wollte“, sagte Viktor.

„Gut. Der Schlosser ist das Erste, was wir zu erledigen haben. Dann hängt es natürlich auch ein wenig davon ab, wie es mit meiner Arbeit weitergeht. Taxifahren ist ja nur zum Leben, aber das ist nicht mein Beruf, nicht das, was ich wirklich machen möchte. Aber da habe ich zumindest eine Vorstellung davon, wie ich weitermachen kann."

Alle blickten auf Anna, die noch immer im kalten Wind draußen auf und ab lief. Plötzlich blieb sie stehen, hob den Kopf. Dann sah man, wie es sie fröstelte. Sie kehrte ins Haus zurück. Ihrem Gesicht war anzusehen, dass sie einen Entschluss gefasst hatte.

XIV

„Warum hast du es den Kindern eigentlich nicht gesagt?“, flüsterte Anna.

„Was hätte das für einen Sinn gemacht?“, gab er zurück. „Wir brauchen unsere Kinder, die wir beide lieben, doch nicht derart aus allen Gleisen zu werfen.“

„Aber es sind doch gar nicht deine Kinder“, hauchte sie kaum hörbar.

Alexander schlüpfte vorsichtig unter die Bettdecke. Anna lag auf dem Rücken und starrte an die Zimmerdecke. Alexander hatte es zuerst befremdlich gefunden, nach so vielen Monaten wieder ins eigentlich eigene Schlafzimmer zu ziehen. „Ja, die Kinder. Das habe ich mir auch gedacht, anfangs vor allen Dingen. Ich habe geschäumt vor Wut, besonders darüber, wie du mich verurteilt hast, als wäre ich der mieseste Kerl dieser Welt.“ Auch er lag auf dem Rücken und sah nach oben zur Decke. „Und dann stellt sich heraus, dass du es warst, die mich hintergangen hat. Wie oft weiß ich gar nicht, es ist mir mittlerweile auch egal. Denn ich bin sicher, so wie ich dich kenne, dass diese Eskapaden lange vorbei sind. Aber heute ist mir schon klar, warum du so rasch „Ja“ zu mir gesagt hast, als Viktor unterwegs war.“

Anna nickte. „Ich ... ich habe damals mein Leben genießen wollen.“ Sie zuckte mit den Schultern. „Ich wollte frei, ungebunden sein, was erleben. Ehrlich: Ich weiß gar nicht, wer

Viktors Vater ist. Ich wusste nur, dass du es nicht bist, nicht sein kannst. Und als du mir einen Antrag gemacht hast, da habe ich geglaubt, jetzt regeln sich alle Probleme – es tut mir leid – es tut mir so sehr leid!"

„Die Vergangenheit, die holt einen irgendwann immer ein. Meine Großmutter hat immer gesagt: Es ist nichts so fein gesponnen, es kommt doch ans Licht der Sonnen. Und Isabella?"

„Das muss diese blöde Gschicht auf dem Volksfest in Gols gewesen sein, du warst damals so besoffen ... irgendwie hat mich noch einmal der Hafer gestochen ... irgendein Ferdl war's. Ich wüsst nicht einmal mehr, wie der ausschaut. Fesch muss er schon gewesen sein, sonst wär's ja nicht passiert ... und dann hat es sich einfach nicht ausgehen können, dass die Isabella deine Tochter ist."

„Ich war sowas von fertig. Von der eigenen Frau mit Schimpf und Schande aus dem eigenen Haus gejagt zu werden. Wie sagte mein Anwalt? Von der Frau, die Sie arglistig getäuscht hat."

Anna ließ den Kopf hängen und nickte.

„Warum hast du mich eigentlich derart bissig behandelt, anstatt unsere gemeinsame Situation miteinander zu besprechen, so wie wir's immer gemacht haben?"

„Ich ... ich weiß nicht." Anna schüttelte den Kopf. „Ich weiß nicht."

„Und du hast mir kein Wort geglaubt, nicht einmal zuhören wolltest du mir!"

Anna seufzte. „Ja, das war alles falsch." Sie hob den Kopf und starrte auf einen imaginären Punkt an der Wand. „Vielleicht war's das Schuldbewusstsein, das ich so lang mit mir herumgetragen hab. Immer wieder hab ich mir Vorwürfe gemacht, zwar in der letzten Zeit weniger, aber ich glaub, das hat immer an meinem Gewissen genagt. Und vielleicht war das so eine Reaktion, dass das alles rauskönnen, ein Ventil gefunden hat. Weil ich plötzlich nicht mehr allein die Unmoralische war. Und ich so verletzt war, weil ich glaubte, dass du mein Vertrauen missbraucht hast." Sie atmete tief aus. „Dabei bin ich die Miese."

„Wie ich das Gutachten gehabt hab", erzählte Alexander, „bin ich sofort zu Martin Haag, meinem Anwalt, gegangen. Der hat zuerst große Augen gemacht, aber dann gemeint, dass ich alles, was mir durch die Vortäuschung der beiden Vaterschaften an finanziellen Nachteilen erwachsen ist, von dir zurückfordern kann. Mit Zinsen und Zinseszinsen. Wie Anwälte so sind. Das wird auch jedes Gericht so sehen. Er hat gemeint, ich kann dich mit einem Schlag ruinieren. So wie du es mit mir gemacht hast – oder hast machen wollen."

Anna nickte. „Er wird schon recht haben", gab sie mutlos zurück.

Nach einer Pause flüsterte Anna: „Und was wirst du jetzt machen?"

„Was glaubst du?"

Wieder seufzte sie. „Ich hab dich so mies behandelt, das hast du dir nicht verdient. Jetzt bin ich halt gescheiter. Was wirst schon machen ...?"

Alexander unterbrach sie: „Ich werde dich nicht unter die Friedensbrücke schicken."

„Vielleicht unter eine andere."

„Ja, das wär vielleicht eine Lösung."

„Also doch ..."

„Blödsinn. Das Leben geht immer weiter. Wie ich geglaubt habe, dass ich obdachlos bin, hat's auch eine Lösung gegeben, mit dem Onkel Wolfgang seinem Schrebergartenhaus. Gewinnen heißt, und das habe ich im Job – als ich zumindest noch einen hatte – und bei meinen Wettkämpfen gelernt, dass du bereit sein musst länger zu laufen, härter zu arbeiten und mehr zu geben als alle anderen. Man darf nie, nie, nie, niemals aufgeben, hab ich aus der Geschichte gelernt, nie und nimmer. Es gibt immer irgendeinen Ausweg. Manchmal, so glaub ich, ist's dann genau der, der eigentlich der richtige Weg ist – wie bei uns."

Anna drehte den Kopf zur Seite und wandte sich Alexander zu. „Wie bei uns?", wiederholte sie.

„Na sicher", entgegnete er. „Am Anfang, als mir klargeworden ist, dass ich der Betrogene bin, hab ich wirklich an Rache gedacht – aber nur ganz kurz. Rache ist nichts Gutes, das ist nichts, was die Menschheit weiterbringt. Und sie löst nur weiteres Böses aus, ist nur negative Energie. Rache löst gar nichts, sondern macht alles nur noch komplizierter. Aber ungefähr fünf Sekunden lang hab ich daran gedacht, das geb ich zu. Und dann hab ich über uns zwei nachgedacht. Und über das, was wir sind. Wir zwei sind jeder eine Person, selbständig, mündig, erwachsen. Wir leben schon über fünfzehn Jahre zusammen, und das war bisher ein wirklich gutes Zusammenleben – zumindest aus meiner Sicht. Und ich bin sicher: auch aus deiner."

Anna hatte ihren Blick wieder zur Zimmerdecke gewandt und nickte nun zögernd.

„Jetzt stellt sich heraus, dass ich gar nicht der Vater unserer zwei Kinder bin. Ich war maßlos enttäuscht."

„Es tut mir leid", flüsterte Anna.

„Aber dann ist mir immer mehr klargeworden, dass es doch meine Kinder sind. Und natürlich auch deine. Wir zwei haben sie aufgezogen, wir zwei haben über sie gewacht, sie gepflegt, wenn sie krank waren, etwa als Viktor Scharlach hatte und kurz danach Mumps."

„Und Isabella Mittelohrentzündung", ergänzte Anna tonlos.

„Jetzt sei bitte so nett und hör mir zu." Er drehte sich zu ihr. „Ich mein es ernst, und ich habe viel und lange über uns nachgedacht. Ich habe mit den Kindern so viel Freude erlebt, ich durfte dabei sein, als sie auf die Welt kamen, als sie größer wurden, sich entwickelt haben. Ich habe meinen Teil dazu gegeben, dass sie so prächtige Kinder wurden, wie sie es jetzt sind. Und genau dasselbe hast du getan. Du bist eine hervorragende Mutter für die beiden. Immer gewesen."

„Und du ein guter Vater."

„Darauf kommt's an, meine ich. Dass wir beide für die Kinder alles gegeben haben, dass Menschen daraus werden, die wir getrost in diesen Dschungel namens Zivilisation hinauslassen können, dass wir ihnen alles mitgegeben haben, was uns nur möglich war, damit sie dort draußen bestehen können. Bald sind sie so weit. Ein wenig müssen wir noch mit ihnen hoffen und bangen, noch einige Jahre Schule, dann vielleicht Studium, aber sie werden immer selbständiger werden. Und ihren Platz im Leben finden."

„Und dann?", fragte Anna. „Dann brauchst du mich nicht mehr."

„Nochmals Blödsinn. Wir beide, das hat sich ja langjährig herausgestellt, brauchen einander. So richtig komplett ist von uns keiner, wenn der andere fehlt. Also werden wir miteinander alt werden. Ich glaube, wir haben gar keine andere Möglichkeit. Uns nimmt doch dann sowieso keiner mehr."

Anna lächelte.

„Ich habe mit dir eine wirklich glückliche Ehe geführt, bis auf den Wahnsinn der letzten Monate. Und ich glaube, dass es für dich dasselbe Gefühl war."

Alexander sah, dass sich Anna auf die Lippen biss. Langsam kullerte eine Träne aus ihrem Auge. „Ich bin so blöd", schniefte sie und wischte sich über das Gesicht.

„Aber nein. Ganz und gar nicht. Du bist doch meine große Liebe – meine einzige. Und du weißt das!"

Anna warf einen scheuen Blick zu Alexander. „Du doch für mich auch!"

„Na also. Jetzt ist's heraußen." Alexander streckte einen Arm einladend nach Anna aus. „Machen wir einfach dort weiter, wo wir aufgehört haben, bevor ich zu diesem chaotischen Dreh gegangen bin. Komm!"

Anna wandte sich Alexander zu, ein leichtes Lächeln glitt über ihr Gesicht. „Können wir das?"

„Es liegt an uns. Wenn wir wollen, können wir alles."

Zuckende, rotblaue Lichtsignale drangen plötzlich durch das Fenster ins Schlafzimmer hinein. Anna richtete sich auf und sah nach draußen, wo auf dem Gehsteig ein Mann, der einen langen Stab wie ein Stabhochspringer vor sich hertrug, von einem Feuerwehrwagen mit Signallichtern im Schritttempo verfolgt wurde. Sie schüttelte den Kopf. „Es gibt schon komische Leut auf dieser Welt", meinte sie, wandte sich wieder Alexander zu, während sich die Signallichter langsam entfernten.

„Na, so komm schon. Es ist noch immer dein Bett ... und wenn auch nicht dein Ehemann drin liegt, so trau dich doch."

Anna lächelte nun deutlich und zog sich ihre Bettdecke über. „Und wie geht's jetzt weiter?" „Was das Finanzielle angeht, da haben wir rosige Zeiten vor uns."

„Rosig? Wie meinst du das?"

„No ja", gab Alexander von sich und begann, Anna langsam an sich heranzuziehen. „Nachdem keiner der Gründe, wegen denen mich der ORF hinausgeschmissen hat, gilt, wird mein Anwalt auf Wiedereinstellung klagen, auf Wiederinstandsetzung des Vertrages, auf Schadenersatz und auf ein gewaltiges Schmerzensgeld. Da kommt Geld in die Kassa. Mit Harry, meinem Agenten, hab ich auch schon gesprochen. Der war Feuer und Flamme, sag ich dir. Der macht so viel Wind im Mediendschungel, dass meine Gagenansprüche sich künftig mächtig verbessern werden. Und wenn das alles läuft, bekomm ich sicher auch die Quiz Show bei TotalTV, da muss ich nur mit meinem Freund Bobby reden. Das wird schon!"

„Und wie erklären wir es den Kindern?", fragte Anna.

„Genauso wie es sich abgespielt hat. Aber erst, wenn sie erwachsen sind. Dann, glaube ich, werden sie so manches etwas anders beurteilen als heute. Obwohl – ihre Direx erzählt ihnen ohnehin vom heutigen Familienleben, vom Gendern, von Regenbogenfamilien und so ..."

Anna kuschelte sich in Alexanders Armbeuge. „Ist schon sehr lang her, dass ich mit einem anderen als meinem Ehemann im Bett war", meinte Anna plötzlich keck.

„Na ja, dann musst du den Moment auskosten", gab Alexander zurück. „Im Übrigen wird's bald ziemlich stressig im Haus werden."

„Wieso?"

„Na ja, ein kleines Problem haben wir noch."

„Welches?"

„Da gibt es ein kleines Kind, ein paar Monate alt, das hat keinen Vater und die Mutter hat sich in Luft aufgelöst. Und das Jugendamt will unbedingt, dass tatsächlich ich das Kind übernehme. Was sagst du dazu?"

„Na ja", meinte Anna gedehnt. „Eigentlich geht uns das Kind ja gar nichts an."

„Biologisch nicht", stimmte Alexander zu. „Da hast du schon recht. Aber ist das wichtig? Wichtig ist doch, dass das Kind in Verhältnissen aufwächst, wo es erwünscht ist und bedingungslos geliebt wird.

Und außerdem kommt dann in diese Familie auch einmal ein Kind, das nicht von dir ist."

Anna boxte ihm in die Rippen.

Durch das Fenster konnte man verfolgen, dass sich die Signallichter des Feuerwehrautos wieder näherten.

„Was ist denn da draußen los?", fragte Alexander.

„Das ist wie im normalen Leben. Ein paar Irre spielen Zirkus", beschwichtigte Anna.

„Ja, das kenn ich", seufzte Alexander, während die Signallichter wieder schwächer wurden.

„Das machen wir so, wie das Isabella vorgeschlagen hat. Das Kleine bringen wir schon unter. Was meinst du?"

„Ja, sicher, ganz richtig", stimmte Alexander zu.

Annas Hand glitt über Alexanders Brust, spielte in den Haaren darauf. „Du hast mir so gefehlt", flüsterte sie, diesmal mit einem lockenden Unterton.

„Du mir doch auch", meinte er und zog sie noch näher an sich. „Ist doch kein Leben ohne dich."

Beide genossen den langen, tiefen Kuss. Als sie wieder zu

Atem kamen, legte Alexander den Kopf schief und sah Anna zweifelnd an.

„Meinst nicht, dass wir zwei heiraten sollten, jetzt, wo ein Kind unterwegs ist?"

Anna säuselte Alexander ein ganz leises „Ja" ins Ohr.

Ende

Nun aber bleiben Glaube, Hoffnung, Liebe, diese drei;

aber die Liebe ist die größte unter ihnen.

1. Korinther 13,13

Über den Autor

ALEXANDER RÜDIGER, geboren am 17.10.1969 in Wien, begann nach Beendigung seiner Tätigkeit als ORF TV-Showmaster „Money Maker" sämtliche – oft sehr skurrile – Stilblüten seines Jobs und eines ereignisreichen Lebens als nunmehr 50-Jähriger in seinem ersten Roman tragisch komisch zu beleuchten.

Impressum

1. Auflage, 2019

ISBN: 978-3-903183-48-3
ISBN E-Book: 978-3-903183-77-3

Idee: Alexander Rüdiger
Umsetzung: Alexander Rüdiger und Leopold Hnidek
Coverbild: Suzy Stöckl
Grafische Gestaltung und Satz: Dipl Ing. (FH) Ing. Clemens Toscani

Printed in the EU

Gesamtherstellung:
egoth Verlag GmbH
Untere Weißgerberstr. 63/12
1030 Wien
Österreich